河出文庫

古典新訳コレクション

枕草子 下

酒井順子 訳

河出書房新社

目次

一四三　関白道隆様がお亡くなりになった後……　19
一四四　正月十日過ぎ。　25
一四五　日がな双六に興じていた……　26
一四六　やんごとなきお方が碁を打つということで……　27
一四七　おそろしげなもの。　27
一四八　清らかに見えるもの。　28
一四九　品が無く見えるもの。　28
一五〇　胸がつぶれるもの。　29
一五一　可愛らしいもの。　30
一五二　人前で調子づくもの。　31
一五三　名前が恐ろしいもの。　32

一五四　見た目には格別なことはなくても……　33
一五五　鬱陶しい感じのもの。　33
一五六　つまらない存在が幅を利かせる時。　34
一五七　つらそうなもの。　35
一五八　羨ましいもの。　36
一五九　早く知りたいもの。　38
一六〇　じれったいもの。　39
一六一　関白道隆様の喪に服していた頃の……　41
一六二　閑院の左大将のお嬢様のことを……　50
一六三　昔の立派さがしのばれるけれど……　52
一六四　あやういもの。　53
一六五　読経は不断経。　54
一六六　近くて遠いもの。　54
一六七　遠くて近いもの。　54
一六八　井戸は　ほりかねの井。　55
一六九　野は　言うまでもなく嵯峨野。　55
一七〇　上達部は　左大将。　56

一七一　君達は　頭の中将。　56
一七二　受領は　伊予の守。　56
一七三　権の守は　甲斐。　57
一七四　大夫は　式部の大夫。　57
一七五　法師は　律師。　57
一七六　女は　典侍。　58
一七七　六位の蔵人などは……　58
一七八　女が一人住まいをする所は……　59
一七九　宮仕えをする女の実家なども……　60
一八〇　ある所にいる何々の君という女性のところに……　62
一八一　雪がそう深くではなく……　63
一八二　村上帝の御代に……　65
一八三　御形の宣旨という名の女房が……　66
一八四　初めて宮仕えに参上した頃……　67
一八五　得意顔なもの。　75
一八六　官位というのは……　76
一八七　恐れ入るものときたら……　78

一八八　病は　胸。　79
一八九　年は十八、十九歳ばかり。　79
一九〇　八月頃、柔らかい白の単衣によい感じの袴をつけ……　80
一九一　女好きで一人暮らしの男が……　81
一九二　暑くてたまらない昼日中……　82
一九三　南もしくは東の廂の間の……　82
一九四　大路に近い家の中で耳を澄ませば……　83
一九五　たちまち幻滅などするといえば……　84
一九六　宮仕えをする女房を訪ねたりする男が……　85
一九七　風は　嵐。　86
一九八　八月、九月頃に雨に混じって吹く風は……　86
一九九　九月末や十月頃……　87
二〇〇　野分の翌日こそ……　87
二〇一　心惹かれるもの。　89
二〇二　五月の長雨の頃……　92
二〇三　特に立派なわけでもない従者を……　92
二〇四　島は　八十島。　93

二〇五　浜は　有度浜。　93
二〇六　浦は　おおの浦。　94
二〇七　森は　うえ木の森。　94
二〇八　寺は　壺坂。　94
二〇九　経は　言うまでもなく法華経。　95
二一〇　仏は　如意輪観音。　95
二一一　書は　白氏文集。　96
二一二　物語は　住吉。　96
二一三　陀羅尼は　明け方。　96
二一四　音楽は　夜。　97
二一五　遊びは　小弓。　97
二一六　舞は　駿河舞。　97
二一七　奏でるものは　琵琶。　98
二一八　笛は　横笛が、この上なく素敵。　98
二一九　見るべきものは　臨時の祭。　100
二二〇　賀茂の臨時の祭の日は……　100
二二一　行幸くらい素晴らしいものが……　101

二二二　賀茂祭が終わった後……　103
二二三　五月頃などに山里に出かけるのは……　106
二二四　うんと暑い季節の……　106
二二五　五月四日の夕方……　107
二二六　賀茂神社へ参詣に行く途中……　107
二二七　八月の末、太秦の広隆寺に詣でる時……　108
二二八　九月二十日過ぎ頃……　109
二二九　清水寺などにお参りをして……　110
二三〇　秋冬を過ぎるまで残っている……　110
二三一　十分にお香を着物に薫きしめておいたのに……　110
二三二　月がたいそう明るい晩に車で川を渡れば……　111
二三三　大きい方が良いもの。　111
二三四　短くあってほしいもの。　112
二三五　ちゃんとした家にふさわしいもの。　112
二三六　どこかへ行く途中……　112
二三七　何かを見物する時……　113
二三八　「細殿で……　115

二三九　皇后様が、三条の宮にお住まいの頃のこと。　116
二四〇　御乳母である大輔の命婦が日向へ下る時……　118
二四一　私が清水寺に参籠していた時……　118
二四二　駅は　梨原。　119
二四三　社は　布留の社。　120
二四四　蟻通の明神は……　120
二四五　一条の院のことを、今内裏と称します。　124
二四六　生まれ変わって天人などになったかのように見えるのは……　126
二四七　雪が深く積もって……　127
二四八　細殿の遣戸をうんと朝早くに押し開けると……　127
二四九　岡は　船岡。　128
二五〇　降るものは　雪。　128
二五一　雪は、檜皮葺きの屋根に降るのが何とも言えません。　128
二五二　日は　落日。　129
二五三　月は　有明の月が東の山際の空に細く見えるのが……　129
二五四　星は　昴。　130
二五五　雲は　白。　130

二五六　騒がしいもの。　130
二五七　無造作なもの。　131
二五八　言葉遣いが乱暴なもの。　132
二五九　小賢しいもの。　132
二六〇　ひたすら過ぎゆくもの。　133
二六一　ことさらに気にかけられないもの。　134
二六二　手紙の言葉が無礼な人は……　134
二六三　ひどく汚いもの。　136
二六四　怖くてたまらないもの。　136
二六五　頼もしいもの。　136
二六六　立派な支度を整えて迎えたのに……　137
二六七　この世でひどく落ち込むことは何かといったら……　138
二六八　男こそ、やはり全くありえない……　139
二六九　男はもちろん女にとっても……　140
二七〇　他人の噂話をすることに腹を立てる人というのは……　141
二七一　人の顔で、特に美しく見える部分は……　142
二七二　年寄りじみた人が指貫を穿く様子は……　142

二七三　十月十日過ぎの月がたいそう明るい晩に……　143
二七四　源成信の中将といえば……　143
二七五　大蔵卿の藤原正光様ほど……　144
二七六　嬉しいもの。　145
二七七　中宮様の御前で女房達と話している時や……　148
二七八　関白道隆様が……　151
二七九　尊い言葉。　176
二八〇　歌は　風俗歌。　177
二八一　指貫は　濃い紫色。　177
二八二　狩衣は　薄い丁子染。　178
二八三　単衣は　白いものが素敵。　178
二八四　下襲は　冬なら躑躅……　178
二八五　扇の骨は　朴の木。　179
二八六　檜扇は　無地。　179
二八七　神社は　松尾。　179
二八八　崎は　唐崎。　180
二八九　家屋は　あばら屋。　181

二九〇 時を奏するのは、とても面白いものです。 181
二九一 お日様がうららかに照る昼頃…… 182
二九二 中将の源成信様は…… 182
二九三 いつもは後朝の文を寄越す人が…… 188
二九四 朝はそれほどとも見えなかった空が…… 189
二九五 荘厳なもの。 190
二九六 雷が鳴りひびく時…… 191
二九七 唐の地誌である坤元録の御屛風は…… 191
二九八 節分の方違えなどして夜遅く帰る時…… 192
二九九 雪がたいそう深く積もった日…… 192
三〇〇 陰陽師のところにいる小さい子ときたら…… 193
三〇一 三月頃、物忌にということで…… 194
三〇二 十二月二十四日…… 196
三〇三 宮仕えをしている女房達が…… 197
三〇四 見ると伝染るもの。 198
三〇五 安心できないもの。 198
三〇六 お日様はたいそううららかで海はのどかに凪ぎ…… 199

三〇七　右衛門の尉という者がどうしようもない父親を持っていて……　202
三〇八　藤原道綱様の御母上の話ということなのですが……　202
三〇九　また在原業平の中将のもとに……　203
三一〇　素敵と思った歌を草子などに書いて置いておいた後で……　204
三一一　それなりの身分の男を……　204
三一二　左右の衛門の尉は「判官」と名付けられ……　205
三一三　大納言の伊周様が参上されて……　205
三一四　〝まま〟と呼ばれる、隆円僧都の御乳母などと一緒に……　208
三一五　母親が亡くなって父親一人になった男のことを……　210
三一六　遠江の守の息子と深い仲になっていたある女房が……　211
三一七　都合の悪い場所である男と逢っていたところ……　212
三一八　「本当ですか、もうすぐ京から離れるというのは」……　212

一本

一　夜に映えるもの。　213
二　灯の下では見劣りするもの。　213
三　聞きにくいもの。　214

四　なぜそのような文字で書くのか……　214
五　下地は決まって汚いのに……　215
六　女の表着は　薄紫色。　215
七　唐衣は　赤色。　215
八　裳は　大海。　216
九　汗衫は　春は躑躅。　216
一〇　絹織物は　紫。　216
一一　綾織物の模様は　葵。　216
一二　薄様の色紙は　白。　217
一三　硯の箱は　二段重ねで……　217
一四　筆は　冬毛のもの。　217
一五　墨は　丸いもの。　218
一六　貝は　貝がら。　218
一七　櫛の箱は　蛮絵が描いてあるものがとても素敵。　218
一八　鏡は　八寸五分。　218
一九　蒔絵は　唐草模様。　219
二〇　火鉢は　赤色。　219

二二　畳は　高麗縁。　219
二三　檳榔毛の車は、ゆっくり動かすのがよいものです。　220
二三　松の木立が高く並ぶ邸で……　220
二四　こざっぱりして髪の整った童子や……　223
二五　宮仕えする先は　内裏。　223
二六　荒れ果てた家の……　224
二七　池がある所の五月の長雨というのは……　224
二八　長谷寺のお参りに行って局にいた時……　225
二九　女房の参内や退出には……　226
三一九　この草子は……　227

文庫版あとがき　229
解説　知的でクールな清少納言　木村朗子　233

枕草子　下

一四三

関白道隆様がお亡くなりになった後、世の中に事件が起こって騒がしくなり、中宮様も参内されずに小二条殿というところにいらっしゃったのですが、何とはなしに不愉快なことがあったので、私はしばらく里に下がっていました。とはいえ中宮様の御前あたりのことが心配で、やはり「これきり」とは思えずにいたのです。

そんな時、右中将の源経房様がおいでになって、おしゃべりが始まりました。

「今日、中宮様のところにうかがったのですが、しみじみと胸に沁みる風情でしたよ……。裳、唐衣といった女房達の装束は季節にぴったりで、皆さん気をゆるめることなくお仕えしていました。御簾の近くの開いているところから覗いてみたら、女房達が八、九人ばかり、朽葉の唐衣、薄紫の裳に、紫苑襲、萩襲など、美しい装いで並んで座っていました。御前の草がひどく茂っているので、『どうして放っているのですか。刈ってしまえばいいのに』と言うと、『あえて露を置かせてご覧になる、ということなのです』と、宰相の君の声でお答えがあったのが、良い感じに思えたものです。『あの方の里下がりは、本当に情けない。こんな所にお住まいの時は、どんなことがあっても必ずお側にいるものと中宮様は思っていらしゃるのに、そのかいもなく……』と女房達が口々に言っていたのは、あなたに話して伝えるように、ということなのでしょうね。だから、中宮様のところに参上してごらんなさい。しみじみ良い場所ですよ。台の前に植えられた牡丹の、素敵なことといったら」

などと、おっしゃいます。

「さあ、どうでしょう。皆が私のことを憎らしく思っていたことが、私にも憎らしく思われたものですからね……」

とお答えすると、

「心を広くお持ち下さい」

と、お笑いになるのでした。

実際、「私のことをどうお思いなのかしら」と気にかかる中宮様のご機嫌のせいで出仕しないわけではないのです。中宮様の周りの女房達などが集まって、

「清少納言は、左大臣の道長様側*の人と親しいのよ」

と話したりなどしている時、私が自分の局から参上するのを見ると急におしゃべりを止めてのけものにしている様子なのが、これまでになく腹立たしかったので、「出

てくるように」という中宮様の度々のお言葉もそのままにして、実に長い時が経ってしまいました。そうなるとまた、中宮様のお側の人達は、私を完全に道長様側の者にして、作り話まで聞こえてくるようなのです。

いつもと違って中宮様からのお言葉も無く何日も過ぎ、心細い気持ちで物思いに沈んでいる時、長女が手紙を持ってきました。

「中宮様から宰相の君を介して、人目につかないよう賜りました」

と言うのですが、こんな所でまで声を潜めなくてもいいようなものを……。「誰かの代筆ではあるまい」と思うと胸が高鳴り、急いで開ければ紙には何も書かれておらず、山吹の花びらがただ一枚入った包みが。そこに、

「いはで思ふぞ**」

と書かれているのを見ると、何日もお言葉が絶えていたことによる深い悲しみも、全て吹き飛ぶ嬉しさなのです。長女もその姿を見て、

＊道隆死去後、定子の兄・伊周は、道隆の弟である道長により失脚。定子もつらい立場にある中、かつて道長を「ひいきの人」（一二九段）としていた清少納言は、女房達に道長側との密通を疑われた。

＊＊「心には下ゆく水のわき返り言はで思ふぞ言ふにまされる」（古今六帖、五）より。口には出さないがそなたへの思いは……、の意。

「中宮様におかれましては、どれほどあなた様のことをお思いか。何かにつけて、思い浮かべてはお口になさるそうですのに。皆さんも、里下がりが長すぎておかしいと思っているようです。どうして参上なさらないのですか？」

と言ってから、

「近くに少し出かけてから、また参ります」

と、出て行きました。

お返事を書こうとするのですが、「いはで思ふぞ」の上(かみ)の句が、さっぱり思い出せません。

「何て駄目なのかしら。同じ古歌といっても、この歌を知らない人なんていないでしょうに。もう、すぐここまで出てきているのに思い出せないって、どうしたこと？」

などと私が言うのを聞いて、近くにいた少女が、

「『下(した)ゆく水』ですよね」

と言ったのです。どうしてこれほどすっかり忘れていたのでしょう。こんな子供に教えられるのも、面白いものです。

お返事を差し上げて、少し時が経ってから参上した私。どんなご様子かしら……といつになく気おくれして、御几帳(みきちょう)に半分隠れて控えていると、中宮様は、

「あちらは新人さんかしら？」

などとお笑いになって、

「嫌いな歌だったけれど、『この場合はぴったり』と思ったのよ。全く顔を見ずにいると、ちっとも気分が晴れそうにないのですから」

などとおっしゃって、以前と変わったご様子もありません。

子供に歌を教えられたことなどを申し上げると、大笑いされて、

「そういうことって、あるわね。忘れるはずはないと高をくくっている古い歌などは、そうなるのでしょう」

などとおっしゃるついでに、

「なぞなぞ合わせをした時、味方側の人ではないのだけれど、その手のことを得意とする人がいてね、『左方の一番手は、私が出題しましょう。そのおつもりで』なんて自信満々なので、まさか変なことは言わないだろうと、皆が頼もしく嬉しく思って、他のなぞなぞの問題を作ったり選んだりしていると、その人は『そこのところの問題は、私にまかせて残しておきなさい。こう言うからには、決してがっかりはさせませんよ』と言ったのです。なるほど……と思っているうちに、本番の日が近づいてきたので『やはりその問題をおっしゃい。思いがけなく、同じものになることもあるのだから』と言うと、『なら、もう知りません。当てにしないで下さい』と機嫌を悪くしたので、心配しながらも当日になったのです。参加者一同、男も女も左方と右方に分

かれ、立会人などとてもたくさん並んでいるところで開始となって、例の左方の一番手の人はうんと気張った態度なので一体どんな問題を言い出すのかと、左方も右方も皆が今か今かと見つめている中で、『何ぞ、何ぞ』と言う様子は見事なものだったそうだけれど、その人が出題したのは、誰でも知っている『天に張り弓』*。右方の人は、簡単すぎる問題を聞いて『実に面白い』と思っているし、味方の人は呆然(ぼうぜん)として、皆むかついて白けてしまい、『実は敵方と通じていて、わざと負けさせようとしたのだ』などと一瞬思ったのだけれど、右方の人が『何と張り合いもないこと、馬鹿だなぁ』と笑って、『やや、全くわかりませんな』と口をへの字に曲げて『知らない言葉だ』とおどけ始めると、その時に例の人は勝ち点を取ってしまったの。右方の人は『それはおかしい。この問題を知らない人がいるものか。点を取られるのは心外だ』と、くってかかると、『知らないと言ったのだから、負けにならないはずがなかろう』ということで、それからの勝負も、この人がどれも口八丁で勝たせてしまったのよ。よく人に知られた言葉であっても、思い出さない時はそんな風なのね。右方一番手の人は、『どうして知らないだなんて言ったのだ』と、後で恨まれたことといったら……」

「それはそう思いましたでしょうね。まずい答えをしてしまったものですね」

などとお話しになられたので、御前にいた女房達は皆、

「左方の人達は、初めにちょっと聞いた時、どんなに腹立たしかったことでしょう」

などと笑ったのです。でもこのお話って、「忘れた」ということなのかしら。ただ、「皆が知っている」という事なのでしょう、ね。

一四四

正月十日過ぎ。空は真暗で、雲は厚くたれこめているけれど、それでも日の光が、雲間からくっきりと差し込んできました。身分の低い者がつくる、土もきちんとならされていない荒畠(あらばたけ)という所には、小枝をたくさん伸ばした桃の若木が生えており、日陰の側は青々としているのに対して、反対側は蘇枋(すおう)色が濃く艶やかに見えています。狩衣(かりぎぬ)には鉤裂(かぎざ)きができたりしているのに髪はきちんと整った、とてもほっそりとした子がその木に登ると、着物をたくしあげた男の子や、脛(すね)を出して半靴(ほうか)を履いている子などが木の下に立って、

「僕に毬(まり)を打つ棒を切ってよ」

などと頼んだり、また袙(あこめ)などはほころんで袴(はかま)はよれよれだけれど、袿(うちき)はよいものを

＊　上弦または下弦の月のこと。最も初歩的な問題。

着ている美しい髪の女の子が三、四人来て、

「卯槌の木に良さそうな枝を切り落として。ご主人さまもご入用なの」

などと言うので、木の上の子が切り落とせば奪い合いになって、

「私にもっと切ってよ！」

などと言ったりするのが、面白くって。

黒い袴をはいた男が走ってきて同じことを頼むと、

「もっと切れって言うの？」

などと木の上の子が言うので男が木を揺さぶると、怖がって猿のように木に抱きついてわめくのも、可笑しいのです。

梅の実などがなった時も、同じようにするものですよね。

一四五

日がな双六に興じていた、小綺麗な男。まだ満足しないのか、低い灯台に火をともしてうんと明るく灯芯をかきたて、相手が賽に念を込めてすぐには筒の中に入れないので、筒を盤の上に立てて待っています。狩衣の襟が顔にかかるので片手で押し入れ、

固くはない烏帽子(えぼし)を振りのけながら、

「賽をどんなに呪っても、打ち損じなどするものか」

と、今や遅しと見つめているのは、自信満々といったところなのでした。

一四六

やんごとなきお方が碁(ご)を打つということで、直衣(のうし)の紐(ひも)を解いて無造作に碁石を取って置くのだけれど、お相手を務める者は低い身分。座る姿からも緊張感が漂い、碁盤からは少し離れて及び腰、袖の袂(たもと)をもう片方の手で押さえたりして打っているのが、面白いこと。

一四七

おそろしげなもの。

どんぐりの笠(かさ)。焼けた山芋。鬼蓮(おにはす)。菱(ひし)の実。

髪の多い男が、洗って乾かしているところ。

一四八

清らかに見えるもの。

土器（かわらけ）。新しい鋺（かなまり）。畳に貼る薦（こも）。水を注ぐ時の、透き影。

一四九

品が無く見えるもの。

式部丞（しきぶのじょう）の笏（しゃく）＊。癖の強い黒髪。

新しい布屏風（ぬのびょうぶ）。古びて黒ずんだものは、取るに足らないのでかえってどうでもいいのですが、新しく仕立てて桜をたくさん咲かせ、胡粉（ごふん）や朱砂（すさ）などで彩った絵を描いたものは、いただけません。

引き戸の厨子（ずし）。太った法師。本物の出雲筵（いずもむしろ）でつくった畳。

一五〇

胸がつぶれるもの。

競べ馬の見物。元結を縒る時。親などが「具合が悪い」と言って、いつもと違う様子でいる時。ましてや、流行り病の騒ぎが耳に入る時は、何も考えられなくなってしまいます。

また、まだ言葉も話せない赤ちゃんが、泣き続けて乳も飲まず、乳母が抱いてもずっと泣き止まない時。

いつもとは違う場所で、まだ世間に知られた仲にはなっていない男性の声を耳にした時はもちろん、他の人がその男性の噂話などをするのを聞いても、すぐ胸が高鳴ってしまいます。大嫌いな人が来た時もまたどきどきするし、おかしなことに、何かというとつぶれそうになるのが、胸というものなのです。

前の晩に初めて通ってきた男性が、朝になっても遅くまで文をよこさないのは、他

＊式部丞の笏には、業務上の覚書がたくさん貼り付けられていた。

人事であっても胸がつぶれそう……。

一五一

可愛らしいもの。

瓜に描いた子供の顔。ちゅっちゅっと呼ぶとぴょんぴょん跳んでくる、雀の子。二、三歳ほどの子が急いで這ってくる途中に、ごく小さな塵があるのを目ざとく見つけて、とても可愛い指につまんで、大人達に見せに行くのは、たまりません。おかっぱ頭の稚児が、前髪が目にかかるのを手で払わず、首を傾けて何か見ているのも、可愛らしいもの。

さほど大きくない殿上童が、きちんと着飾って歩くのも、可愛いくて。見目よい稚児をちょっと抱っこして遊ばせ、愛でているうちにこちらに抱きついて寝てしまうのも、本当に可愛らしいのです。

人形遊びのお道具。池から取り上げた、小さな蓮の浮き葉。とても小さな、葵の葉。何であっても、小さいものは全て可愛いものです。

色が真白でよく肥えた二歳ほどの赤ちゃんが、二藍の薄物など着て、丈が長いので襷がけしてはいはいしているのも、また丈が短くて袖ばかり目立つ着物で歩くのも、どちらも可愛いもの。八つ、九つ、十ほどの男の子が、まだ幼い声で書を読んでいる様もまた、とても可愛いのです。

鶏の雛の、白くきれいな産毛から脚が長く出た様は、着物の丈が短いようで、ぴよぴよとやかましく鳴きながら人の前に後ろについて歩くのが面白いもの。親鶏と連れ立って走るのも、可愛いのでした。

雁の卵。瑠璃の壺。

一五二

人前で調子づくもの。

大したことのない家の子なのに、それでも可愛がられることに慣れてしまっている子供。

咳。立派な方にお話をしようとすると、まず出てくるのです。

あちこちの局に住む女房の、四つ五つほどの子供というのは、わがまま放題で、物を散らかしたり壊したり。いつもは周りから引っ張られて止められ、思うままにはで

きずにいるのが、母親が来ると勢いを得て、

「あれを見せてよ、ねえねえお母さん」

などと揺すぶるのだけれど、親は大人同士でおしゃべりをしていてすぐには聞き入れないので、子供が自分で見つけ出してきて騒いでいるのは、とても憎たらしいものです。それを、「いけません」と取り上げもしないで、「だめよ」「壊さないでね」くらいのことを笑って言う親もまた親で、憎たらしくって。私は、とはいえそう厳しいことを言うこともできずに見ているわけで、じりじりしてしまうのでした。

一五三

名前が恐ろしいもの。

青淵（あおふち）。谷の洞（ほら）。鰭板（はたいた）。鉄（くろがね）。土塊（つちくれ）。

雷は、名前のみならず、本当に恐ろしい。疾風（はやち）。不祥雲（ふそうぐも）。鉾星（ほこぼし）。肘笠雨（ひじかさあめ）。荒野（あらの）ら。

強盗、やはりとにかく恐ろしい。らんそう、* 総じて恐ろしい。かなもち、** またとにかく恐ろしい。生霊（いきすだま）。

蛇苺（くちなわいちご）。鬼蕨（おにわらび）。鬼野老（おにところ）。茨。唐竹（からたけ）。

いり炭。牛鬼。碇（いかり）は、名前よりも見た目が恐ろしい。

一五四

見た目には格別なことはなくても、文字に書くと大仰なもの。

覆盆子（いちご）。鴨頭草（つゆくさ）。芡（みずふぶき）。蜘蛛（くも）。胡桃（くるみ）。文章博士（もんじょうはかせ）。得業の生（とくごうのしょう）。皇太后宮（こうたいごうぐうの）権大夫（ごんのだいぶ）。楊梅（やまもも）。

「いたどり」は、まして「虎の杖（つえ）」と書くのだとか。虎は、杖がなくとも大丈夫そうな顔をしているのに。

一五五

鬱陶しい感じのもの。

刺繡（ししゅう）の裏側。巣の中から転がし出した、毛も生え揃（そろ）っていない鼠（ねずみ）の子。まだ裏をつ

＊不詳。「乱声（らんじょう）」「濫僧」等の説も。
＊＊不詳。「かなめもち」「金持」等の説も。

けていない革の衣の縫い目。猫の耳の中。それほどきれいでもない場所が、薄暗いの。

特にどうということもない人が子供をたくさんつくり、もてあましている様子。

さほど愛しているわけでもない妻の具合が悪くなって、長い間臥せっているのも、男の気持ちとしては鬱陶しいものでしょう。

一五六

つまらない存在が幅を利かせる時。

正月の大根。*行幸の時の姫大夫。御即位の御門司。六月、十二月の月末に帝の身体の寸法を測る女蔵人。季の御読経の時の、威儀師。赤い袈裟を着て、僧達の名前を読み上げるのは、とても晴れがましいものです。

季の御読経、御仏名などで式場設備を担当する、蔵人所の衆。春日祭で、近衛の中将や少将のお供をする舎人達。正月に帝のお屠蘇の毒味をする童女。卯杖の法師。五節の試楽の夜の、理髪の女官。節会の時、御給仕をする采女。

一五七

つらそうなもの。

夜泣きとやらをする赤ちゃんの乳母。

恋人が二人いて、こちらでもあちらでもやきもちを焼かれる男。

手強いもののけの調伏を引き受けた験者。祈禱の効験さえ素早く現れるならばよいのですが、さほどでもない時に、それでも「物笑いにはなるまい」と祈っているのは、とても苦しそうなのです。

ひどく疑り深い男に、どっぷり惚れられてしまった女。

摂関関白家などで羽振りのよい女房も、気楽というわけではないでしょうが、それはそれでよいのでしょうね。

いらいらしがちな人。

＊正月に、歯固めのために大根を食べる習慣があった。

一五八

羨ましいもの。

お経などを習っていて、私はひどくたどたどしく忘れっぽく、繰り返し同じところを読んでいるのに、お坊さんは当然のこととして、普通の男でも女でも、すらすらとよどみなく読んでいるのを聞くと、いつの世になったらあのようになるかしら、と思われることです。

気分が悪くて臥(ふ)せっている時に、笑ったりおしゃべりしたり、屈託なく出歩いている人を見ると、とても羨ましいもの。

思い立って伏見稲荷(ふしみいなり)に参詣して、中の御社(みやしろ)のあたりで、どうしようもなくつらいのを我慢して登っていると、少しも苦しそうな様子も見せず、おくれて来ると思っていた人たちがどんどん追い越してお参りしているのは、実に大したものなのです。

伏見稲荷の例祭である二月の初午(うま)の日、明け方に急いで出発したけれど、坂の半分くらいを歩いたところで、巳(み)の時*ほどになってしまいました。だんだんと暑くすらなってきて心底やりきれず、「こんな暑くない日もあるだろうに、なんだってお参りに来たのかしら」とまで思えて、泣けてきます。疲れ果てて休んでいると、壺装束(つぼしょうぞく)などではなく、ただ着物の裾をたくし上げただけの四十過ぎほどの女が、

「私は七度参りをするのですが、もう三回、詣でましたよ。あと四回は、たいしたことはないでしょう。まだ未の時のうちには、下山できますね」

と、道々会った人に話して、下っていったではありませんか。普通の場所でなら目にとまるはずもない女なのに、「今すぐこの人になりたい」と、思ったことでした。

それが女の子でも男の子でも出家させた子でも、良い子供を持っている人は、とても羨ましいものです。髪がとても長くまっすぐで、下がり端などが美しい人も。また、高貴なお方が、大勢の人から敬われ、かしずかれているのを見ても、とても羨ましく思います。達者な字を書き、歌を上手に詠んで、何かの度に真っ先に取り上げられる人も。

高貴な方の御前に女房がたくさん控えていて、誰でも鳥の足跡のように下手な字を書くわけはないのに、気を遣う相手にお出しになる文の時は、自分の局に下がっている能筆の女房をわざわざお召しになって、ご自身の硯をお下げ渡しになって代筆させるのも、羨ましくなります。その手のことは、その勤め先での年長者ともなれば、本当に〝難波の辺り〟から遠くないような人でも事に応じて書くものなのです。しかし

＊　午前十時頃。
＊＊　午後二時頃。
＊＊＊　額髪の両サイドの一部を、顔を隠すように切り揃えたその末端部分。

そういう場合ではなく、上達部（かんだちめ）などの令嬢で、また「初めてご挨拶に参上します」などと言ってよこした相手への文の場合などは、紙をはじめとして色々と格別に整えているのを、女房達は集まって冗談混じりに、悔しがって何やかやと言うようなのでした。

琴や笛など習うのもまた、未熟なうちは「早く先生のように上手くなりたい」と思うことでしょう。

内裏（だいり）や春宮（とうぐう）の御乳母（おんめのと）。

どのお妃（きさき）のところへも、気兼ねなく出入りする、帝（みかど）付きの女房。

一五九

早く知りたいもの。

巻染（まきぞめ）、村濃（ご）、しぼり染などの、出来上がり。

誰かが子供を産んだ時は、男の子か女の子か、早く知りたいものです。身分の高い人の場合はもちろん、とるに足らない者、下衆（げす）の場合であっても、知りたくなります。

除目（じもく）の日の早朝。親しい人の中に、必ず任官するはずの人がいない場合でも、やっぱり知りたいのでした。

一六〇

じれったいもの。

急いで仕立てる物を、人のところに縫いにやって、今か今かとじりじりしつつ仕上がりをじっと座りこんで待ち、そちらの方を見つめている気持ち。

赤ちゃんを産むはずの人が、予定の頃を過ぎても、出産の気配が無い時。

想（おも）う人の文（ふみ）が遠くから届いて、固く封じてある糊（のり）を開ける間は、何ともじれったいものです。

祭などの行列を見に行くのが遅くなって、既に始まってしまい、先導の人が持つ白い杖（つえ）などが目に入ると、車を寄せる間もやるせなく、降りて歩いていきたい気持ちするのです。

自分がいることを知られたくない人が来ていて、前に座っている女房に頼んで、応

＊＊＊＊Ｐ37　「難波津」の歌は初心者が習うことから、字が達者でない人を指す。

対してもらっている時。

いつ生まれるかと思っていた赤ちゃんが、五十日、百日のお祝いを迎えると、大きくなるのがとても待てないような気持ちになるものです。

急ぎのものを縫うため、うす暗いところで針に糸を通す時。けれどそれは仕方がないとして、できそうな人をつかまえて糸を通してもらうにしても、その人も気がせくからなのか、すぐには通せないでいるので、

「いやもう、通さなくていいわ」

と言うのだけれど、それでも「できないはずがない」という顔で立ち去らないのは、憎らしくさえなってきます。

何の用であっても、急いでどこかに行かなくてはならない時、他の人が「先に用事がある所へ行く」ということで、「すぐに戻すから」と乗って行ってしまった車を待つのは、とてもじれったいのです。大路を通っているのを「帰ってきた」と喜べば、他の方へ行ってしまって悔しさいっぱい。まして行列見物に行こうとして待っている時に、

「もう始まったでしょ」

と誰かが言うのを聞くのは、やりきれません。

赤ちゃんを産んだ人の、後産に時間がかかる時。

行列見物やお寺詣でなどに一緒に行く人を乗せようと車を寄せているのに、すぐには乗ってこないで待たされると、ものすごくじりじりして、うっちゃって行ってしまいたい気持ちになります。

また、急いでいり炭をおこすのも、とても時間がかかるもの。

人からの歌に、早く返さなくてはならないのに、なかなかうまく詠めない時も、じれったく思います。こちらに懸想(けそう)する人からであればさほど急がなくてよいけれど、おのずとまた、急がなくてはならない時もあるのです。まして女同士でも、直接やりとりする歌は、早く詠んだ方がいいと思うあまり、つまらない間違いをしてしまうこともあるのでした。

気分が悪かったり、何かが恐ろしい時というのは、夜明けを待つ間、ひどくじれったいものです。

一六一

関白道隆(みちたか)様の喪に服していた頃の、六月の末のこと。大祓(おおはらえ)が行われるので、中宮様は宮中から退出されるのですが、職(しき)の御曹司(みぞうし)は方角が悪いということで、太政官(だじょうかん)の役所である朝所にお渡りになりました。その晩は、暑くて深い闇夜。わけもわからず、窮屈で不安なまま、夜を明かしたのです。

翌朝早くに見てみると、その建物は低くてとても平べったく、屋根は瓦葺きで、唐風で変わった造りなのでした。普通の建物のように格子などもなく、周囲に御簾をかけてあるばかり。かえって珍しくて面白いので、女房達は庭に下りるなどして、遊びだしました。植え込みには垣根を作ってあって、萱草という草がとてもたくさん植えてあるのですが、花が房になって鮮やかに咲いているのは、格式ばった場所の庭としては、実によいものでした。

時司などはすぐ近くなので、時を報せる鼓の音も、いつもと違って聞こえてきます。音に惹かれて、若い女房達が二十人ばかりそちらに行き、階段で高い鐘楼にのぼったのを見上げていると、皆が薄鈍の裳、唐衣、同じ色の単襲、紅の袴を着ている様子が、天人とは言えないまでも、空から舞い降りてきたかのよう。同じ若い女房でも、仲間を押し上げていた人は、混じることができずに羨ましそうに見上げているのも、面白いことでした。

左衛門の陣まで行って大はしゃぎした者もいたようで、

「そんなことはせぬものですよ。上達部がお座りになる倚子などに女房達が上がったり、太政官の役人の腰掛なんかを皆、倒して壊してしまったのだから」

などと咎められていましたが、馬耳東風なのです。

建物がとても古く瓦葺きだからでしょうか、尋常でない暑さなので、夜も御簾の外に出て、寝ていました。古いところなので、むかでというものが一日中ぽとりぽとりと落ちてきたり、蜂が大きな巣にみっしり集まっていたりと、とても恐ろしいのです。殿上人達が日々やってきて、女房達と夜通しおしゃべりしていくのなどを聞いて、

「ちっとも知らなかった、太政官という場所が、今や夜歩きの庭になっていようとはね」

と誦していた人もいたというのが、素敵なことです。

秋にはなったけれど、〝片方〟*だって涼しくない風なのですが、場所のせいでしょうか、それでも虫の声などが聞こえてきました。中宮様は七月八日に内裏にお戻りになったので、七日の七夕祭は朝所で行ったのですが、いつもより近くに見えたのは、場所が狭いからなのでしょう。

宰相の中将の斉信様、宣方の中将、道方の少納言などがいらっしゃったので、女房達も出てお話などしている時に、

「明日は、どんな詩を？」

＊「片方」「夏と秋とゆきかふ空の通ひ路はかたへ涼しき風や吹くらむ」（古今集、三夏　凡河内躬恒）による。

といきなり私が言うと、少しも躊躇せずさらりと、

「『人間の四月』*でしょう、やっぱり」

と、斉信様がお答えになったのが、とても気が利いていたものです。

過ぎたことについてよくわかって話すのは、誰であっても良い感じがしますが、特に女は、前のことを忘れずにいるものなのです。しかし男の場合は、さにあらず。自分が詠んだ歌さえうろ覚えだというのに、斉信様はそうではなく、実に素敵なのでした。御簾の中の女房達も、外にいる殿上人達も、七月に四月の詩を、ということをわけがわからないと思っているのも、もっともなことです。

それというのも去る四月初め頃、細殿(ほそどの)の四の口に、殿上人がたくさん立っていたのです。次第に出て行って、斉信様、宣方様、六位蔵人(くろうど)一人が残って、色々なことを話し、読経(どきょう)をし、歌をうたったりしているうちに、

「すっかり夜が明けたらしい。帰るかな」

ということで、「露は別れの涙なるべし**」という詩を斉信様がつぶやかれると、宣方様も声を合わせてとても素敵に唱えていたので、

「気の早い七夕ですね」

と私が言うと、斉信様はひどく悔しがられました。

「ただ暁の別れということについてだけ、ふと思いついて言ったのに……弱ったなぁ。

何であっても、この辺りでこの手のことをうっかり言ってしまうと、とんだことになるね」

などと繰り返し笑って、

「人に話してはいけませんよ。笑われるに決まっているんだから」

と言い、あまりに外が明るくなったので、

「葛城(かずらき)の神***はもうお手上げだ」

と、逃げていかれたのです。

七夕になったらこの時のことを言いたかったけれど、斉信様が参議になられたので、「七夕の日に必ず会えるわけでもないわね。でもその頃に見かける機会もあるかもしれないし、そうでなければ文(ふみ)に書いて、主殿司(とのもりづかさ)に頼んで持たせようかしら」などと思っていたところ、七日に朝所にいらしたので、とても嬉(うれ)しく思いました。「あの夜のことなどを言ってみたら、お気付きになってしまうかしら。ただ何気なく不意に言ったら、『何の事?』と首をかしげるかも。そうしたらその時、『お話ししよう』」と思っていたのに、全くまごつかずにお答えになったのは、本当にとても素晴らしいこと。

＊　白氏文集の詩。
＊＊　菅原道真が七夕の暁のことを詠んだ詩。
＊＊＊　醜い容貌を恥じた葛城の神が、昼は隠れて夜だけ出てきたという故事がある。

この何ヶ月か、「早く言いたい」と思い続けていたことすら、我ながら物好きだと思っていたのに、斉信様はなぜ、知っていたかのように答えられたのでしょう。あの時、一緒にくやしがっていた宣方様は、全く気付かずに座っていて、

「いつかの暁のことを責めていらっしゃるのだよ。わからない？」

と斉信様がおっしゃるのを聞いてやっと、

「なるほどなるほど」

と笑っているらしく、お話になりません。

男女のかけひきを碁にたとえて、親しくなることを「先手を許した」「結をさした」などと言い、「男が何目か置くだろう」といったことも、他の人にはわからなくとも、斉信様とだけ通じて言い交わしているのを、

「なになに？」

と、宣方様はひっついてきて訊ねます。それでも教えないでいると、

「ひどいなあ。どうしたって教えてもらわなくては」

と斉信様に恨み言を言い、斉信様は仲良しなので教えてあげたようです。あっけなく親しくなった仲のことを「石を崩して勝負がつきそうな頃だ」などと言う意味を、宣方様は自分もわかっているのだと早く知ってもらいたいとばかりに、

「碁盤はありますか。私も碁を打とうと思ってね。〝手〟はどうですか。先手を〝ゆ

るして〃くださいますか。私だって、斉信様と互角に打ちますよ。分け隔てしないでください」

と言うので、

「そんな〃ゆるして〃ばかりいたら、節操が無いでしょう」

と言ったのを、宣方様はまた斉信様に話したところ、「嬉しいことを言ってくれたね」と喜んでいらっしゃいました。やはり、過去のことを忘れない人というのは、とっても素敵なのです。

斉信様が参議になられた頃、帝の御前で、

「あの方は、詩をとても上手に唱えるのですよ。『蕭会稽之過古廟』*などと、他に誰が吟じましょう。しばらくは参議にならずにいて下さるといいのに。聞けなくなるのが残念ですから」

と申し上げると、帝は大笑いされて、

「では、そう言われたからということで、参議にはしないことにするかな」

などとおっしゃるのも、素敵でした。

とはいえ、参議になられた斉信様。本当に寂しく思っていると、斉信様にひけをと

＊「蕭会稽ノ古廟ヲ過グルヤ」（本朝文粋、十、交友序　大江朝綱）

らないつもりで宣方様が気取って遊びに来るので、私は斉信様について、

『いまだ三十の期に及ばず』という詩を吟じていらした様は、他人とは全く違って
いらした……」

　などと言えば、

「なんの、負けませんよ。もっと上手にお聴かせしましょう」

　と唱えたのですが、

「ちっとも似てないわ」

　ということに。

「面白くないなぁ。どうしたらあの人のように詠めるのだろう」

　と言うので、

「『三十の期』のところが、何といっても魅力たっぷりで……」

　などと答えれば、悔しがって笑って歩いていったのだけれど、その後、近衛の陣に
ついていらした斉信様を宣方様が脇に呼び出し、

「清少納言にこんなことを言われました。やはりそこを教えてほしいのです」

　と頼み、斉信様も笑って教えたのだそうです。

　それを知らずにいると、私の局のあたりで、斉信様そっくりに吟ずる声が。不思議
に思って、

「これはまた、どなた？」

と問うと、宣方様が笑い声になって、

「面白いことを申し上げましょうか。かくかくしかじかで、昨日斉信様が陣にいた時に尋ねてみたのですが、さっそく似てきたようですね。『どなた？』なんて、まんざらでもない様子でお尋ねになるということは」

と言うのですが、わざわざ習ったというのがおかしかったので、以後は宣方様が「三十の期」のところさえ吟ずれば、出ていって話などしていると、

「斉信様の力はたいしたものだなぁ。そちらの方を向いて拝まなくては」

などと言うのです。私も、本当は局にいるのに「御前におります」などと人に言わせて居留守を使う時も、宣方様が「三十の期」を詠むと、

「実は、おります」

などと言っていました。中宮様にもこの話を申し上げると、お笑いになったものです。

帝の御物忌（おんものいみ）の日、右近将監（うこんそうかん）の〝みつなんとか〟という者を使いにして、宣方様が畳紙（たとうがみ）に書いてきたのを見ると、「そちらに伺いたく思いますが、今日と明日は御物忌な

＊本朝文粋、源英明の詩で、「三十歳にまでなっていない」と詠んだ。

のです。『三十の期に及ばず』はいかが」とあったので、返事に「あなたはもう三十歳は過ぎているでしょう。朱買臣*が妻を諫めたという年ではありませんか」と書くと、またくやしがって帝に申し上げたので、帝は中宮様のところにいらして、

「どうして清少納言はそんなことを知っているのだ。『買臣は、三十九になる年に妻を諫めたのだ』ということで、宣方は『ひどい言われようだ』と言っているようだよ」

とおっしゃられたのを聞いても、「あの人、相当なもの好きだわ」と思ったことでした。

一六二

閑院の左大将のお嬢様のことを、弘徽殿の女御と申し上げます。そちらに、「うち臥しの巫女」という者の娘が、左京という名の女房としてお仕えしているのを、

「左京は、宣方様と〝親しい〟のですって」

と、人々が笑っているのです。

中宮様が職の御曹司においでになったところに、宣方様が来て、

「時々は、こちらで宿直(とのい)などもお勤めすべきなのですが、女房達が私をそのようには扱って下さらないので、ずいぶんとお仕えがおろそかになってしまいました。宿直所(とのいどころ)でも頂戴できれば、きっときちんとお勤めするのですが」

と言って座っています。「そうですね」などと人々が答えているところに、

「確かに、人は〝うち臥し〟て休む場所があると、いいですものねぇ。そんな所へは、しげしげと通われるということですのに」

と私が口を出したということで、宣方様が、

「もう金輪際、あなたとは口をきくまい。味方だと思って信頼していたのに、人がさんざ言うような噂(うわさ)を真に受けているようですね」

などと、ひどく真剣に恨み言を言うので、

「あら変ですねえ。どんなことを申し上げましたっけ？　全く咎(とが)められるようなことではなかったのでは？」

などと私は言ったのです。隣にいた女房を小突いてみれば、彼女も、

「何も申し上げていないわよね。ということは、腹をたてるだけのわけがあるのだ

＊　前漢の頃、朱買臣は貧しい中で勉学を修めていた。貧しさを嫌った妻が去ろうとした三十九歳の時、「自分は五十になれば豊かになるのだ」と、妻を諫めた。宣方も三十九歳頃だったと思われる。

わ」

　と派手に笑うので、

「あの方が言わせているのですね」

　と、宣方様はとても不愉快に思っておられます。

「そんなことは決して言っていませんよ。悪口だなんて、誰かが言うだけでも気に入らないのに」

　と答えて私は引っ込んでしまったのですが、宣方様はその後もまだ、「人に恥をかかせるようなことを言いふらした」と恨み、

「殿上人（てんじょうびと）が私のことを嗤（わら）うから、あんなことを言ったのですね」

　と言うので、

「それなら私一人を憎むようなことでもないでしょうに、変な人」

　と言うと、その後はふっつり、付き合いを絶ってしまったのです。

一六三

　昔の立派さがしのばれるけれど、今は用済みのもの。

ふしが出てしまっている、繧繝縁の畳。黒ずんで破れてしまった、唐絵の屛風。目が悪くなった絵師。毛が赤くなってしまった、七、八尺もある鬘。色あせた、葡萄染の織物。老いさらばえた、色好み。

木立が焼けてしまった、風情のある邸。池などはそのまま残っていても、浮草や水草が茂ってしまって……。

一六四

あやういもの。

飽きっぽくて薄情で、夜離れが続く婿。「まかせておけ」といった顔で大仕事を引き受ける、嘘つき。風が強い時に、帆をかけた船。具合が悪くなってから何日も経った、七、八十にもなるお年寄り。

一六五

読経は不断経。

一六六

近くて遠いもの。宮咩祭。気が合わない兄弟、親戚の仲。鞍馬のつづら折りという道。師走の末日と、一月一日との間。

一六七

遠くて近いもの。極楽。船での道中。男女の仲。

一六八

井戸は　ほりかねの井。玉の井。走り井は、逢坂(おうさか)にあるのが素敵。山の井は、どうしてそんなにも「浅い」*ことのたとえになったのでしょう。飛鳥井(あすかい)は、「水が冷たい」**と褒められているのが、素敵。千貫(せんかん)の井。少将の井。桜井。后町(きさきまち)の井。

一六九

野は　言うまでもなく嵯峨野(さがの)。印南野(いなみの)。交野(かたの)。駒野(こまの)。飛火野(とぶひの)。しめし野。春日野(かすがの)。そうけ野は、なんとなく面白い。どうしてそんな名前をつけたのかしら。宮城野。粟津野(あわづの)。小野。紫野(むらさきの)。

*「浅い」「浅香山（安積香山）影さへ見ゆる山の井の浅き心をわが思はなくに」（万葉集、十二　采女）による。

**「水が冷たい」催馬楽「飛鳥井」の「飛鳥井に宿りはすべし、蔭(かげ)もよし、御水(みもひ)も寒し、御馬(みま)草(くさ)もよし」による。

一七〇

上達部は　左大将。右大将。春宮の大夫。権大納言。権中納言。宰相の中将。三位の中将。

一七一

君達は　頭の中将。頭の弁。権中将。四位の少将。蔵人の弁。四位の侍従。蔵人の少納言。蔵人の兵衛佐。

一七二

受領は　伊予の守。紀伊の守。和泉の守。大和の守。

一七三

権(ごん)の守(かみ)は　甲斐(かい)。越後(えちご)。筑後(ちくご)。阿波(あわ)。

一七四

大夫(たいふ)は　式部(しきぶ)の大夫。左衛門(さえもん)の大夫。右衛門(うえもん)の大夫。

一七五

法師は　律師(りつし)。内供(ないぐ)。

一七六

女は　典侍。内侍。

一七七

六位の蔵人などは、以下のようなことを考えるべきではありません。五位に叙せられ、どこどこの国の権の守、何々の大夫などという人が、板葺き屋根の狭い家を持ち、また小檜垣などというものを新しくして、車宿に車を立てたり、家の前の近くに一尺ばかりの木を植えたりして、牛をつないで草など食べさせているというのは、無性に腹立たしいのです。

狭い庭をきれいに掃き、紫の革紐で伊予簾をかけ、布障子を張って住む、だなんて。夜になって「門をしっかり閉じろ」などと言いつけているのは、将来の見込みも全く無く、うんざりするのでした。

親や舅の家であればもちろんのこと、叔父や兄などの使っていない家に住んだり、そのような適当な人がいない場合は、自然と親しく知り合った受領が任地に行って空いたままになっている家、そうでなければ、院や宮様方のたくさんある屋敷のどこかなどに住んだりして、適当な官位を得てから、しかるべき良い家を探し出して住むのが良いのでしょうに。*

一七八

女が一人住まいをする所は、ぼろぼろに荒れて築土(ついじ)などもきちんとしておらず、池などがある所も水草が目につき、庭なども蓬(よもぎ)が茂るほどではないにしても、ところどころ砂の中から雑草が生えて、寂しげなのがよいのです。できる女ぶって体裁よく手入れをし、門もしっかり閉じてきちんとしているのは、ひどくうんざりするもの。

＊少し位が上がったからといって安普請の家を建てるのでなく、仮住まいをしてからちゃんとした家に住んだ方がよい、という意見。

一七九

宮仕えをする女の実家なども、両親が揃（そろ）っているのは、とてもよいと思います。人の出入りが頻繁にあり、奥の方では大勢の人達の声が色々と聞こえ、馬の音などもして、ずいぶん騒がしいくらいだけれど、悪いというわけではありません。

とはいえ娘が戻っていればおのずと、こっそりとでも堂々とでも、

「お里に下がられたのを知りませんで」

とか、また、

「いつ参上されますか」

などと言いに、少し顔を出す男もいるものです。

女に思いを寄せている人はまた、来ないはずがありません。門を開けたりするのを、家人が「ひどく騒がしいな。こんな夜中までとは図々しい」と思っている様子は、とてもうとましいのです。

「表門は閉じたか」

と尋ねているらしい声に、

「ただ今。まだ客人がいらっしゃいますから」

などと答える者は、半ば迷惑そう。

「客人が帰ったら、すぐ閉じるように。この頃、盗人がとても多いらしいぞ。火の用心もな」

などと言うのを、客人が甚だうっとうしく聞いていたりもするのでした。

お供でついてきた者達は困っているわけでもないのか、客がもう帰るかとしょっちゅう様子を覗きに来る家の者達のことを、笑っているようです。お供の者がその様を真似するのを家の者が聞いたら、ましてやどんなにがみがみ言うでしょう。

気持ちをさほどあらわに出さなくとも、女を思っていない人がわざわざ訪ねて来たりするものではありません。けれど真面目な人は、

「夜も更けました。御門が不用心ですね」

などと、笑って出て行くこともあるのです。本当に恋心の深い人は、

「早く」

などと何度も女から急かされても、やはり腰を落ち着けているので、たびたび見回りに来る召使いは、夜も明けそうな気配に「どうかしている」と思っています。そして、

「ひどいものだ。今夜は御門をだらしなく開けっ放しにして」

と聞こえよがしに言い、明け方に苦々しい思いで門を閉めているらしいということで、彼等がどれほどむっとしていることか。

親が一緒に住んでいても、やはりこれくらいの遠慮はあるのです。ましてや実の親でない場合は、「どう思われていることか」と想像するだけで、気がひけるもの。兄弟の家などでも、仲が良くない場合は同じことでしょう。
夜中でも夜明けでも、門も厳重に閉じたりせず、どこそこの宮や、宮中、殿達に仕える女房達も集まって、格子なども上げたまま冬の夜明かしをし、男性が出て行った後も見送っているようなのが、素晴らしいのです。有明(ありあけ)の月が出ていれば、いっそう素敵。笛など吹いて出て行った人の名残で急には寝られず、誰かの噂(うわさ)話など語り合ったり、和歌を聞いたり話したりしているうちに寝入ってしまうというのが、風情(ふぜい)というものでしょう。

一八〇

ある所にいる何々の君という女性のところに、君達(きんだち)ではないものの、その頃たいそう評判の粋な風流人が、九月頃に訪ねていきました。有明(ありあけ)の月光が霧にぼやけて美しいので、思い返してもらうべく余韻を残したいと、別れの言葉を尽くしてから男が出て行けば、「もう行ってしまったかしら」と女が遠くまで見送る姿は、えもいわれぬ素晴らしさです。

男は、出て行くふりをしてから引き返して、立蔀(たてじとみ)の間の陰に隠れて立ち、「やはり帰りかねた、という風にもう一度話をしよう」と思っていると、「有明の月のありつつも*」と静かに聞こえてきたかと思うと、外をのぞいて見ていた女の髪は、頭の動きに引き寄せられもせず、下長押(しもなげし)から五寸ばかりも下るほどの長さ。火をともしたかのように艶やかなその髪に月の光が一段と映え、目がさめるような思いがした男は、そっと帰ってしまいました。……と、誰かが語っていたのでした。

一八一

雪がそう深くではなく、うっすら降り積もっているのは、とても素敵。

また、雪がずいぶんたくさん積もった夕暮れから、気の合う女房二、三人ほどで端(はし)近(ちか)に来て、火桶(ひおけ)を囲んでおしゃべりなどしているうちに暗くなり、灯もともしていないのに一面の雪が光ってとても明るく見える中、火箸(ひばし)で灰などなんとなく掻(か)きながら、

＊「長月の有明の月のありつつも君し来まさば我恋ひめやも」（拾遺集、十三恋三　柿本人麻呂）

うっとりするようなことも面白いことも言い合うというのが、楽しいのです。

宵も過ぎたかと思う頃、沓の音が近くに聞こえてくるので「変ね」と見てみると、時々こんな折に、思いがけず顔を出す人でした。

「今日の雪をどうご覧になっているだろうと思いつつ、取るに足らない用事のせいで、そのまま過ごしてしまいました」

などと、その人は言います。「今日来む*」といった和歌にかけて、言っているのでしょうね。昼間にあったことあれこれから始まり、色々なことをお話ししました。円座くらいはお出ししたけれど、片脚は縁側から下におろしたまま。鐘の音などが聞こえてくるまで、御簾の内でも外でも、こういったおしゃべりに飽きることがありません。

暁闇の頃、帰るということで、

「雪、なにの山に満てり**」

と誦していたのが、とても素敵でした。女だけであったら、とてもこのように夜を明かすことはできないでしょう。普段とは違って、面白かったし風情たっぷりだったわね、と私達は話していたのです。

一八二

村上帝＊＊＊の御代に、大雪が降った時、雪を器に盛らせて梅の花を挿し、月がとても明るい晩に、

「これについての歌を詠んでみなさい。どうするかな？」

と帝が兵衛という女蔵人に下されたところ、

「雪月花の時＊＊＊＊」

と申し上げたのを、帝はたいそうお褒めになったのだそうです。そして、

「和歌など詠むのは、ありきたりすぎるからね。こんな風な折にぴったりの言葉は、そうそう言えないものだ」

とおっしゃったとのこと。

その兵衛の女蔵人をお供にして、殿上の間に誰もいない時に村上帝がたたずんでお

＊「山里は雪降りつみて道もなし今日来む人をあはれとは見む」（拾遺集、四冬　平兼盛）
＊＊「暁、梁王ノ苑ニ入レバ、雪、群山ニ満テリ……」（和漢朗詠集、雪）より。「群山」をわざとぼかして言った。
＊＊＊一条天皇の祖父。風流を好む名君として知られる。
＊＊＊＊「雪月花ノ時最モ君ヲ憶フ」（白氏文集、二十五「殷協律に寄す」など）より。

られると、火鉢から煙が立ち上っていて、

「あれはどうしたのか、見てくるように」

とおっしゃったので、兵衛の女蔵人は見て戻り、

「わたつ海の沖にこがるる物みればあまの釣してかへるなりけり」*

(海原の沖で舟こぐ人見れば海士が釣から帰るところで)

と申し上げたというのが、気が利いています。蛙が火鉢に飛んで入って、焼けていたのですって。

一八三

御形の宣旨という名の女房が、殿上童を模したとても可愛らしい五寸ほどの人形を作り、髪をみずらに結って、装束も立派につけ、中に名前を書いて帝に献上なさったのですが、「ともあきらの王」と書いてあったのを、帝はたいそう喜ばれたのだそうです。

一八四

初めて宮仕えに参上した頃、恥ずかしくてたまらない出来事が数知れずあり、涙も落ちてきそうなので、毎日夜に出仕しては三尺の御几帳の後ろに控えていると、中宮様が絵など取り出して見せてくださったのですが、手を差し出すこともできず、困っていました。中宮様は、

「この絵はこれこれで、何々ですよ。誰の絵でしょう、あの人の絵かしら」

などと説明してくださいます。高坏にともした灯りなので、髪の筋なども昼間よりかえってはっきり見えて恥ずかしいのですが、我慢して絵を見たりしていました。ひどく冷える頃ということで、袖口から出てわずかに見える中宮様のお手は、たいそうつやつやかな薄紅梅色。この上なくすばらしく思われ、実家住まいで世間知らずの私としては、「こんな方が世にいらっしゃるとは」と、驚くような気持ちで拝見していたのでした。

夜が明けると、早く自分の局に下がりたくて、気が急きます。

「葛城の神も、もう少しいなさいな」

＊「沖」と「熾」（赤くおこった炭火）、「漕がるる」と「焦がるる」、「帰る」と「蛙」が掛詞。

と中宮様がおっしゃるのですが、「どうしても、斜めからでも顔はご覧に入れたくない」と、やはり私はうつむいていたので、御格子（みこうし）も上げないのです。女官達（にょうかん）が来て、

「これをお上げください」

など言うのを聞いて、女房が格子を上げようとするのを、

「いけません」

と中宮様がおっしゃるので、笑って帰っていくのでした。

中宮様が私に何か質問をなさったり、お話しされたりするうちに時間が経（た）ったので、

「局に下がりたくなったでしょう。ならば早くお帰りなさい。夜になったら、急いで来るようにね」

とおっしゃいます。

私が帰るやいなや格子をどんどん上げていけば、外には雪が降っていました。登花殿（とうかでん）の前庭は立蔀（たてじとみ）があって狭いのですが、雪景色はとても素敵です。

お昼頃、

「今日は是非とも参上なさい。雪で薄暗いから、昼でもはっきりは見えないでしょう」

と、中宮様から度々お召しがありました。局の主（あるじ）である女房も、

「見苦しいですよ、そう引きこもってばかりいようとするのは。御前（おまえ）へうかがうこと

があっさり許されたのは、それだけお気に召されたということでしょう。ご好意に背くのは、感心しませんね」

と、むやみに急がせて押し出すようにするので、私はもう茫然自失。参上するのがとてもつらいのです。火焼屋の上に雪が積もっているのが、珍しく面白く思えたものでした。

中宮様の御前の近くでは、いつものように火鉢に赤々と火がおこしてあり、そこには特に誰も座っていません。上臈女房がお世話をしに参上し、そのまま中宮様のお近くに座っておられます。中宮様は、梨絵をほどこした沈の火桶のところにいらっしゃいました。次の間では、長火鉢のまわりに隙間なく座っている女房達が、ゆったりと襟を抜いて唐衣をまとっていたりと、もの慣れて気楽そうな様子を見れば、とても羨ましくなります。御文を取り次いだり、立ったり座ったり、行き交う様子にも気後れしたところはなく、何か言ったり笑ったりもしています。「いつか、あんな風にお仲間入りできるかしら」と思うことさえ、憚られる気がしたものです。奥の方では、三、四人集まって、絵など見る人もいたようでした。

しばらくして、先払いの声が高らかに聞こえてくると、「関白様*がいらっしゃった

＊定子の父・道隆。

ようだ」と、散らかっているものを片付けたりしているので、どうにかして退出したいと思ったのですが、素早く動くことなど全くできないので、もう少し奥に引っ込みました。とはいえ好奇心はあったもので、御几帳の隙間から、ちらりと覗いてみたのです。

すると、参上されたのは大納言の伊周様でいらっしゃいました。直衣、指貫の紫色が、雪に映えてとても素敵です。柱によりかかってお座りになり、

「昨日今日と私は物忌だったのですが、雪がひどく降りましたから、どうしておいでかと気がかりで」

と、伊周様はおっしゃいます。

「『道もなし』*と思いますのに、よくまあいらしてくださいました」

と中宮様がお答えになると、伊周様がお笑いになりつつ、

「『あはれ』とでもご覧になるかと思いました」

などとおっしゃるのは、これ以上に素晴らしいことが他にあるかしら、といったご様子。「物語に出てくる人たちが、言いたいように言っているのと同じだわ」と、思われたことです。

中宮様は、白いお召し物を重ね、紅の唐綾をその上にお召しです。そこに御髪がかかる様などは、絵では見たことはあっても、現実には知らなかった美しさで、夢のよ

うな心地がしたものです。

伊周様が女房達と話をし、冗談など言いかけたなら少しも照れることなく返し、虚言をおっしゃれば反論したりするのには目もくらみ、情けないほどむやみに顔が赤らみます。伊周様は果物を召し上がるなどして座をとり持ち、中宮様にもおすすめになりました。

そして伊周様は、

「御帳の後ろにいるのは、誰かな?」

と、お尋ねになったようです。興味が引かれたのか、立ってこちらに来られるのを、「とはいえ他へいらっしゃるでしょう」と思っていると、ごく近くにお座りになって、私にお声をおかけになるではありませんか。参上する前にお耳に入っていたらしい私の噂についてなど、

「本当にそうだったのですか」

などとおっしゃるのでした。今まで、御几帳を隔てて遠くからよそ目で拝見していたのでさえ気が引けたのに、全く思いもかけず差し向かいでお会いする心地といったら、本当のことと思うことができません。これまで行幸などを見物する折、私の車の

＊「山里は雪降りつみて道もなし今日来む人をあはれとは見む」（拾遺集、四冬　平兼盛）

方に伊周様が一瞬でも視線をお向けになったなら、下簾を引いて隙間を塞ぎ、自分の姿が簾ごしに見えはしないかと扇で隠していたというのに、今となっては、やはり自分の意思とはいえ、どうして身の程知らずにも宮仕えに上がってしまったのかと、汗が滲んでひどいことになっているわけで、一体何をお答えできましょう。

頼みの陰、とかざしている扇をさえ取り上げられたので、顔を隠す髪もみっともなく見えていると思われ、そんな焦りも全て顔に出ていたと思います。早くお立ちにならないかしらと思うのですが、私の扇をいじりながら、

「この絵は、誰が描かせたのかな?」

などとおっしゃって、すぐには返してくださらないのです。仕方なく袖を顔に当てて伏していたので、唐衣にお白粉がついて、顔がまだらになっていたに違いありません。

伊周様が長いこと座っていらっしゃるのを、中宮様は「思いやりがないこと。さぞつらいでしょう」と思ってくださったのか、

「これをご覧ください。誰の筆跡でしょうね?」

と伊周様に話しかけられます。

「こちらにいただいて、拝見しましょう」

と伊周様はおっしゃったのですが、それでも、

「こちらへ」

と、中宮様。

「この人が私をつかまえて、立たせないのですよ」

という伊周様のご冗談は、ひどく若者めいて私の年には似つかわしくなく、いたたまれないことでした。

誰かが草仮名(そうがな)で書いた草子など出して、中宮様はご覧になっています。

「誰の筆跡かしら。清少納言に見せてみなさい。彼女なら、世にいる人の筆跡は皆、見知っていましょう」

などと、伊周様ときたらとにかく私に答えさせようと、妙なことまでおっしゃいます。

大納言様お一人でさえ大変なのに、また先払いの声をかけさせて、同じような直衣姿の方が参上されたのですが、この方すなわち関白道隆(みちたか)様は、伊周様より少しばかり華やかで、冗談などおっしゃるのに皆が笑い興じています。女房達も、

「誰それが、こんなことを」

などと、殿上人(てんじょうびと)の噂話などを申し上げるのを聞いていると、私には「やはり神仏の化身か、天女などが降りてこられたのかしら」と思われたのですが、お仕えに慣れて日数が経てば、それほどのことでもなかったのでした。目の前の女房達でも、家から

出たての新米の頃は、同じように思ったでしょうね……などとわかっていくにつれ、私も自然と物慣れてきたようです。

　中宮様が何かをおっしゃっていた時、

「私のこと、好き？」

と、お尋ねになりました。

「お慕いしないはずがありません」

と申し上げたと同時に、女房の詰所で誰かが大きなくしゃみを*。中宮様は、

「あら、いやなこと。嘘を言ったのね。いいわよいいわよ」

と、奥に入ってしまわれました。私は「どうして嘘だっていうの。並の気持ちでお慕いしているはずがないのに。ひどい、くしゃみの方こそ嘘なのよ」と思っていました。それにしても、誰がこんな憎たらしいことをしたのでしょう。そもそも、くしゃみなんて嫌なことだと思っているので、私なら出そうな時も押し殺しているのに、こんな時にするなんてなおさらひどい、憎たらしい。……と思うけれど、まだ新入りの身としては、どうにも弁解を申し上げることができずに、夜が明けたので局に下がったのです。すると間もなく、「こちらを」と、浅緑色の薄様に優美な文字が書かれた文が届きました。開けてみれば、

「いかにしていかに知らましいつはりを空にただすの神なかりせば

（どうすればどう嘘だったとわかるのか　いつわり〝糺す〟神いなければ）

……との思し召しです」

とあったので、お手紙の素晴らしさと、誤解される悔しさに思いは乱れるにつけても、やはり昨夜くしゃみをした人がいまいましく、恨みたくなるのでした。

「薄さ濃さそれにもよらぬはなゆゑに憂き身のほどを見るぞわびしき
（花ならぬ鼻で思いの濃淡がきまる我が身を見るやるせなさ）

どうしてもこれだけは、申し上げて下さいませ。式の神**も、おのずとおわかりでしょう。まことに恐れ多いことでございます」

としてお返事を差し上げた後でも、「ああひどい、よりによってどうしてあの時にくしゃみなんか……」と、深いため息をついていたのでした。

一八五

得意顔なもの。

＊くしゃみは不吉なものとされていた。
＊＊「式の神」陰陽師が使う鬼神。人の善悪を見るという。

元日に最初にくしゃみをした人。良い身分の人は、そんなことはしないものです。これは、身分の低い者のことですね。

競争が激しい時に、自分の子を蔵人（くろうど）にさせた人の表情。また、除目（じもく）でその年に最も豊かな国の受領（ずりょう）になった人。お礼などを言い、

「大変すばらしいご就任で」

などと人々が言うのに答え、

「いやなに、かなりひどくすたれた国だそうですから」

などと言いつつも、してやったりという顔なのです。

また、結婚を申し込むたくさんの男性達と張り合った中で、選ばれて婿になった人も、「どうだ」と思うに違いありません。

受領だった人が参議*になったというのがまた、もともと上流の子弟で昇進した人よりも得意顔で、自分のことを高貴で立派だと思っているようです。

一八六

官位というのは、やはり素晴らしいものです。同じ人であっても、「大夫（たいふ）の君」「侍（じ）

従の君」と言われている時は遠慮は全くいらなかったのに、中納言、大納言、大臣などに昇進されると、邪魔だてする者も全くなく、周囲から尊ばれることといったらありません。身分次第では、受領なども皆、そうなのでしょう。多くの国の受領を歴任し、大弐や四位、三位などになれば、上達部などからも敬意を払われることになるようです。

そこへいくと女というものはやはり、面白くありません。宮中で、帝の御乳母が典侍や三位などになれば威厳もあるけれど、とはいえその頃にはもう年をとっているわけで、どれほど良いことがありましょう。また、皆がそうなるわけでもないのです。受領の妻となって任国へと下るのが、ほどほどの身分の者にとっては目一杯の幸福だと、周りも褒めたり羨んだりするようです。普通の女性が上達部の妻になったり、上達部の娘御が皇后となったりするというのが、素晴らしいことなのでしょう。

対して男はやはり、若い身での出世こそ、素晴らしいというものです。法師などが「何某」などと法名を名乗って回っても、何が良いというのでしょう。お経を荘厳に読み、見た目が美しくても、女房達になめられて騒がれることになるのです。けれど僧都や僧正ともなれば、仏様が現れたかのように人々が恐れてかしこまるのであって、

＊「受領だった人が……」　受領上がりの苦労人の方が、当たり前に参議になるお坊ちゃまより鼻高々。

その様子は何にたとえられましょうか。

一八七

恐れ入るものときたら、乳母の夫です。

帝や皇子の乳母の夫の場合は、言うまでもないので置いておくとして、それに続く家や受領の家などでも、それぞれの家に応じて大切にされ、何かとはばかられる存在になっているので、得意顔で自分もすっかり信頼を得た気になっているのです。妻が乳を飲ませた子も、まるで自分の子のように扱い、それが女の子の場合はよいとしても、男の子の場合はぴったりと付きっきりで世話を焼き、その子が言うことに少しでも背く者には、詰問や讒言など、あくどいことをします。しかしその男のやり方を、思ったままに非難する人もいないので、いい気になって偉そうな顔で、指図などしているのでした。

それでも子供がまだ幼い頃は、乳母の夫も体裁が悪いものです。乳母は子供の母親の近くで寝るので、夫は局で一人寝をします。とはいえ他所へ行ってしまったら、浮気心が起こったと騒がれることでしょう。妻を無理に呼んで一緒に寝ていても、

「ちょっとちょっと」と妻が呼ばれれば、冬の夜などは着るものを探して上ってしまうのが、夫としてはとてもやるせないのです。それは身分の高い家でも同じことで、もっとやっかいなことばかりが増えるのでした。

一八八

病は胸。もののけ。脚気(かっけ)。そして、ただ何とはなしの食欲不振。

一八九

年は十八、十九歳ばかり。背丈ほどの長さがあるとても美しい髪は裾の方まで豊かで、たいそう肉づきも良くて色は抜けるように白く、愛らしい顔で美人と目されるような女性が、歯をひどく悪くして、額髪もしとどに泣き濡(ぬ)れて乱れかかっているのにも気づかず、真っ赤な顔で痛むところを押さえている様子は、とても素敵。

一九〇

八月頃、柔らかい白の単衣(ひとえ)によい感じの袴(はかま)をつけ、たいそう上品な紫苑(しおん)の衣(きぬ)をはおっている女性のところに、胸の病のお見舞いにと、女房仲間などが何人も訪ねて来ました。外にも若い君達(きんだち)がたくさん来て、

「本当にお気の毒なことですね。いつもこのようにお苦しみなのですか?」

などと、さりげなく言う人もいるのです。思いを寄せている男性は、「何ともかわいそうに」と心配していますし、ましてや人に知られていない仲の人が人目を気にして、近づきたくてもそうはできず嘆き悲しんでいる様子に、心動かされます。とても美しく長い髪を結って、吐き気がするということで起き上がった様子も、はかなげなのでした。

帝(みかど)も病状をお聞きになって、声の良い御読経(みどきよう)の僧をお遣わしになったので、几帳(きちよう)を引き寄せた向こうに、その僧を座らせています。いくらもない狭さということで、女房達がたくさん来て読経を聴いたりしているのも見えてしまうため、そちらに目をや

りながらお経を読む僧には、「仏罰が下るに違いない」と思われたことでした。

一九一

女好きで一人暮らしの男が、昨夜はどこに泊まったのだか、暁に帰ってきてそのまま起きているのは眠たそうではあるけれど、硯を引き寄せて丁寧に墨をすり、適当に筆にまかせてではなく、心を込めて後朝の文を書くしどけない姿も、素敵なものです。白い着物を重ねた上には、山吹、紅などの衣。皺々になった白い単衣を眺めつつ書き終えると、近くに控える者には頼まず、わざわざ立って小舎人童や気の利く従者などを近くに呼び寄せ、小声で何か伝えて文を渡します。その者が出て行った後も長い間ぼんやりし、お経の適当な所々をひっそりと口ずさんでいるのですが、奥の方でお粥や洗面の用意を整えたからとせっつくのでそちらに行っても、文机によりかかって書物など見ているのでした。面白いところは声を高く読み上げるのも、とても素敵。

手を洗い、直衣ばかりを着て法華経の六の巻をそらで読むのは実に尊い感じがするのですが、女の家は近くなのでしょう、そのうちさきほどの使者が戻ってきて合図をすると、すぐに読むのを止めて女からの返事に心を奪われるというのがまた、「仏罰が……」と、面白く思われるのです。

一九二

暑くてたまらない昼日中、扇であおいでも風はぬるいし、氷水に手を浸してみたりもして騒いでいる時、燃えるように赤い鳥の子紙を、唐撫子(からなでしこ)がたいそう見事に咲いた枝に結びつけたものを受け取れば、送り主が文(ふみ)を書いた時の暑さや、こちらへの思いやりが並々ならず推し量られて、あおぎ続けても物足りなかった扇も、思わず手から離れたことでした。

一九三

南もしくは東の廂の間(ひさしのま)の、影が映るほどに光る板敷に、真新しい畳をちょっと置き、帷子(かたびら)がとても涼しげな三尺の几帳(きちょう)を押しやれば、滑って思いのほか向こうへ行ってしまいます。そんなところにいるのは、白い生絹(すずし)の単衣(ひとえ)に紅(くれない)の袴(はかま)を着て、それほど萎えてはいない濃い紅の衣を夜具としてかぶり、横になっている女性。

火がともった灯籠から二間ほど離れたところでは、簾を高く上げて、女房が二人ばかりと童女などが下長押によりかかったり、また下ろした簾に添って伏したりしています。香炉に火を深く埋めて、かすかにお香を漂わせているのも、とてものどかで心に染みるのでした。

宵を少し過ぎた頃、ひっそりと門を叩く音がすると、心得ているいつもの女房が来て、張り切って男の姿を隠し、人目につかないよう招き入れるのも、それはそれでよいものです。

そうして会った男女の傍らにある、素晴らしい音色で作りも美しい琵琶を、話の合間に音を殺して爪弾いている様が、風情たっぷりなのでした。

一九四

大路に近い家の中で耳を澄ませば、車に乗った人が、有明の月の美しさに簾を上げて、「遊子なほ残りの月に行く*」という詩を、よい声で吟じているのが、素晴らしいのです。馬上であっても、そのような人が通るのは心躍るもの。

そうした場所にいたら、馬の泥よけの音が聞こえてきたので、「どんな人かしら」と、していたことも放り出して見てみたのに、それが下賤の者だったりすると、本当にいまいましいのでした。

一九五

たちまち幻滅などするといえば、男でも女でも、話の中で下品な言葉を使うことであり、何にもましてがっかりしてしまいます。ただの言葉一つで、不思議と上品にも下品にもなるのは、どうしたことでしょう。とはいえ、こんなことを思う私が特に優れているわけでもなく、良し悪しなどわかりはしないのです。けれど他の人はどう思おうと、私としてはそう感じられるのでした。

下品な言葉でも悪い言葉でも、そうと知りつつわざと言うのは、悪くもありません。身についてしまっている言葉を堂々と口に出すのが、嘆かわしいのです。また、そんなことを言うはずもない老人や男性が、ことさらにとりつくろって田舎者ぶるのは、憎らしい感じがするもの。よくない言葉や下品な言葉を、年配の人が平気で話しているのを、若い人はひどくいたたまれない思いで恥ずかしく聞くのも、当然でしょう。

何であっても、「その事させんとす」「言はんとす」「何とせんとす」などと言う時の「と」の字を略して、ただ「言はむずる」「里へ出でんずる」などと言われると、すぐうんざりしてしまいます。ましてや文に書くなど、とんでもないこと。

物語などが駄目な言葉で書かれていると、言ってどうなるものでなし、作者まで気の毒になるものです。「一つ車に」を「ひてつ車に」と言った人もいましたっけ。「求む」ということを「みとむ」などとは、皆が言うようなのです。

一九六

宮仕えをする女房を訪ねたりする男が、そこで何か食べるというのは、ひどくみっともない行いです。食べさせる女房も女房で、気に入りません。好きな女性が「どうぞ」などと思いを込めてすすめるのを、忌み嫌うかのように口を閉じて顔をそむける

＊Ｐ８３「佳人尽ク晨粧ヲ飾ル、魏宮ニ鐘動ク、遊子猶ホ残月ニ行ク、函谷ニ鶏鳴ク」（和漢朗詠集、暁　賈嵩）より。遊子は旅人の意。

わけにもいかないので、食べるのでしょうけれど。泥酔した男性が、たいそう夜が更けてから泊まったとしても、私は決して、湯漬けの一杯も食べさせません。「思いやりがない女だ」と来なくなるなら、それでいいのです。

女の実家などで、台所から食事を出されたような場合は、仕方がないかもしれませんが、それでもやはり、いかがなものなのでしょうね。

一九七

風は　嵐。三月頃の夕暮れに、ゆるく吹く雨風。

一九八

八月、九月頃に雨に混じって吹く風は、とてもしみじみするもの。横なぐりの雨脚も騒がしく吹きつけるので、夏中使った綿衣が掛けてあるのを、生絹の単衣に重ねて着るのですが、それもとても良い感じです。この生絹でさえ重くて暑苦しく、脱ぎ捨てしまいたいほどだったのに、いつの間にこんなに涼しくなったのかしら、と思うのも素敵。

暁(あかつき)に格子や妻戸を押し開ければ、嵐のさっと顔を撫(な)でるのがまた、格別なのでした。

一九九

九月末や十月頃、曇り空に風が強く吹き、黄色くなった葉がはらはらと散っていく様は、ぐっと胸に沁(し)みるものです。桜の葉、椋(むく)の葉は、中でも早く落ちるのでした。

十月頃、木立(こだち)が多い所の庭は、実に見事です。

二〇〇

野分(のわき)の翌日こそ、風情(ふぜい)たっぷりで興味深い様が見られるもの。立蔀(たてじとみ)や透垣(すいがい)などは壊れ、植え込みの惨状はとても痛々しいのです。大きな木々が倒れ、風で折れた枝などが萩や女郎花などの上に横たわってかぶさってしまっているのには、まったく驚いてしまうのでした。格子のます目の一つずつに、あえてそうしたかのように木の葉がこまごまと吹き込んでいる様は、激しかった風の仕業とは思えません。

たいそう濃い紅で艶があせた衣に、黄朽葉色の織物や薄物などの小袿を着た真面目そうな美人が、夜は風が騒がしくて眠れなかったせいでゆっくり朝寝をして、目を覚ますなり母屋から少しにじり出れば、風で吹き乱されて少しふくらんだ髪が肩にかかるのが、実に素敵です。しみじみとした様子で庭を眺めて、

「むべ山風を*……」

などとつぶやく様に、風流な心を持つお方なのだと思われるのでした。

一方では、十七、八歳ほどでしょうか、そう小さくはないけれど、特に大人びてもいない少女が、ひどくほころんで縹色もあせて濡れたりしている生絹の単衣の上に薄紅色の夜着などをまとい、つややかで手入れが行き届いた髪は、毛先がすすきの穂のようで背丈ほどの長さがあるので、着物の裾に隠れて袴の端々から見えているといった様子。童女や若い女房達が、風で根こそぎ折れた草木をあちこちで取り集めたり起こして立てたりしているのを、そんな少女が羨ましそうにして簾を外側に押し、簾に身体を寄せて眺めているのも、面白いのです。

二〇一

心惹かれるもの。

何かを隔てて聞いていると、女房とは思われない高貴な人の手を打つ音が、ひそやかに品良く響いた後に、若々しい返事をした人が、衣擦れの音をさせながら参上する気配。

何かの後ろにいたり、障子など隔てていると、御食事を召し上がっているのか、箸や匙などの音が入り混じり聞こえてくるのが、面白いものです。提子の柄が倒れる音も、耳につくのでした。

よく艶を出した衣の上に、うっとうしいほどではなく髪がかかっていると、その長さが推し量られます。

大変に美しく整った部屋で、まだ大殿油はお灯しせず、火鉢などにたっぷりおこした炭の火ばかりが辺りを照らしているところに、御帳台の紐などがつややかに浮かび上がって見えるのは、実に素敵です。御簾の帽額や、総角結びなどで御簾を上げたと

＊「吹くからに秋の草木のしをるればむべ山風をあらしといふらむ」（古今集、五秋下　文屋康秀）

ころに掛けてある鉤も、くっきりと鮮やかに見えるのです。灰の縁まできれいに整えてある立派な火鉢の内側に描かれた絵などが、おこしてある火で見えるのは、とてもきれい。火箸の艶がはっきりと際立って、斜めに立てかけてあるのも、よいものです。

夜も深く更けて中宮様もお休みになり、女房達も皆寝た後、外の方で、誰かが殿上人などと何か話していたり、奥の部屋で碁石を笥に入れる音が何度も聞こえてくるのは、とても心惹かれるもの。火箸をそっと灰に刺す音を、「まだ起きているようね」と聞くのも、たまりません。やはり眠らずにいる人には、心が惹かれてしまうのでした。

寝床にいる人の様子が物越しに耳に入る時、真夜中頃にふと目を覚まして聞いていると、隣も起きているらしいとは知れても、何を話しているのかはわからず、訪れている男性も静かに笑っている様に、「何のことかしら」と知りたくなるのです。

中宮様がいらっしゃって、女房達も侍っているところに、殿上人や典侍など立派な方々が参上した時のこと。お側近くでお話などなさる間は、大殿油は消してあるけれど、火鉢の火の光で、ものの区別はしっかりつくのです。

そんな時、殿方などにとっては興味津々であろう新参の女房で、直接お召しになるほどの身分ではないような者が、少し夜が更けてから参上しました。衣擦れの音も好もしく、膝行して御前に伺えば、中宮様は小声で何かをおっしゃいます。あどけなさが残り慎ましげなその女房は、声の様子も聞きとれないほどなので、辺りは静かになっています。ここかしこに集まって座る女房達がおしゃべりをしたり、御前から下がったり参上したりする衣の音などは、うるさくはないけれど、「あの人かも」と思われ、心惹かれるのでした。

宮中の女房の局などに、気の張る男性が来ているので、こちらの灯りは消していると、近くにある灯りの光が何かの上などから差し込み、暗いとはいえ辺りの様子がほのかに見えて、二人は低い几帳を引き寄せている模様。昼間は面と向かって会うような人ではないので、几帳の陰で身を寄せて伏しているのですが、傾けた髪のかたちの良し悪しは、隠すことができないようです。

高貴な殿方の直衣、指貫などは、几帳にかけてあります。それが六位の蔵人が着る青色の袍でも、まあよしとしましょう。けれど同じ六位でも緑衫の袍*だったなら、後ろの方に丸め込んで、明け方になっても探し出せなくして、まごつかせてやりたくなってしまいます。

＊六位でも、蔵人の場合は清少納言の好きな青色の袍を着ることができる。それなら貴人の直衣でなくても許せるが、並の六位の制服である緑衫の袍なら堂々と几帳などにかけてほしくない、という主張。

夏でも冬でも、几帳の片側に脱いだ着物をかけて人が寝ているのを、奥の方からそっと覗(のぞ)くのは、よいものです。

薫物(たきもの)の香りは、とても心惹かれるもの。

二〇二

五月の長雨(ながあめ)の頃、上(うえ)の御局(みつぼね)にある小戸(こと)の簾(すだれ)に、中将の斉信(ただのぶ)様が寄りかかってお座りになっていた時の香りは、実に素晴らしいものでした。何々のお香というわけではないのです。辺り一帯が雨で湿ってなまめかしさが漂うのは珍しくないにしても、言わずにはいられません。翌日まで御簾(みす)に染みついて放たれていた香りに、若い女房達がまたとなく感動していたのも、無理のないところでしょう。

二〇三

特に立派なわけでもない従者(ずさ)を、背の高いの低いのとたくさんひき連れているよりは、よく磨きこまれて少し乗り慣らした車に、見合った格好の牛飼童がつき、ひどく勇み立った牛を、自分が遅れるように綱に引かれて走らせている……といった方が素敵。そしてほっそりした従者が、二藍か何かで裾濃染のような袴をつけ、上にはぜひとも掻練や山吹色などを着て、ぴかぴかの沓をはいて車輪の近くを走っている……といった姿に、かえって心惹かれるものなのでした。

二〇四

島は　八十島。浮島。たわれ島。絵島。松が浦島。豊浦の島。籬の島。

二〇五

浜は　有度浜。長浜。吹上の浜。打出の浜。もろよせの浜。千里の浜は、さぞ広かろうと思われることです。

二〇六

浦は　おおの浦。塩釜の浦。こりずまの浦。名高の浦。

二〇七

森は　うえ木の森。岩田の森。木枯しの森。うたた寝の森。岩瀬の森。大荒木の森。たれその森。くるべきの森。立ち聞きの森。
よこたての森という名が耳にとまるのは、妙なものです。森などとは言えそうにない、ただ一本だけある木を、どうしてそう言うのかしら。

二〇八

寺は　壺坂。笠置。法輪。霊山は、釈迦仏の御住まいであることが、心に沁みます。

石山。粉河。志賀。

二〇九

経は　言うまでもなく法華経。普賢十願。千手経。随求経。金剛般若。薬師経。仁王経の下巻。

二一〇

仏は　如意輪観音。千手観音。のみならず、六観音は全て。薬師仏。釈迦仏。弥勒菩薩。地蔵菩薩。文殊菩薩。不動尊。普賢菩薩。

二一一

書は　白氏文集。文選。新賦。史記、中でも特に五帝本紀。神仏への願文。帝に奉る上奏文。博士が書いた請願書。

二一二

物語は　住吉。宇津保。殿うつり、国譲りは気に入りません。埋れ木。月待つ女。梅壺の大将。道心を勧める。松が枝。こま野の物語は、古い蝙蝠扇を探し出して持って行ったのが、面白いのです。うらやましがり屋の中将は、宰相に子供を産ませておいて、かたみの衣など欲しがるのが憎たらしい感じ。交野の少将。

二一三

陀羅尼は　明け方。

経は　夕暮れ。

二一四

音楽は　夜。
人の顔が見えない頃に。

二一五

遊びは　小弓。碁。格好は悪いけれど、蹴鞠(けまり)も面白いものです。

二一六

舞は　駿河舞(するがまい)。求子歌(もとめご)の踊りは、とても素敵です。太平楽(たいへいらく)は、太刀(たち)などが物騒だけれど、たいそう面白いもの。唐土では敵同士で舞ったものだ、などと聞くと……。

鳥の舞。

抜頭は、髪をふり乱して踊ります。目つきなどは不気味だけれど、音楽はやはり、とても面白いのです。

落蹲は、二人して膝で地を踏みながら踊ります。駒形も。

二一七

奏でるものは　琵琶。調子は、風香調。黄鐘調。蘇合の急。「鶯の囀り」という調べ。

箏の琴は、とても素敵。調子は、「相府蓮」。

二一八

笛は　横笛が、この上なく素敵。遠くで聞こえた音色が次第に近づいてくるのも良いし、近くの音色が遠ざかって、ごくかすかに聞こえるのもたまりません。車の時も歩きの時も馬上でも、いつであれ懐に入れて持っていれば目立ちませんし、これほど素敵なものは無いのです。ましてや聞き知っている調べなどは、たいそうすばらしいもの。

暁などに、男が忘れていった美しい横笛を、女が枕元で見つけるのも、やはり風情たっぷりなのです。男が寄越した使いの者に、横笛を紙に包んで渡すと、立文のように見えるのでした。

笙の笛は、月の明るい夜に、車などの中で聞こえてくるのがとても素敵ですが、仰々しくて扱いにくそうに見えることです。さらには吹く人の顔ときたら、いかがなものでしょうか。横笛であっても、吹き方次第なのでしょうけれど。

篳篥はひどくやかましく、秋の虫で言うなら轡虫といった感じでうんざりするので、近くで聞きたいものではありません。まして下手に吹かれた日にはとても憎らしいのに、臨時の祭の日、まだ御前には出ずに、物陰で横笛を見事に吹いているのを、「まあ素晴らしい」と聞いている時、途中から篳篥が加わって吹き立てたのときたらひどいもので、きちんとした髪の人も、すっかり髪が逆立ってしまいそうな心地がしたことです。次第に、琴と笛に合わせて楽人が歩みでてきたのが、たいそう結構なことでした。

二一九

見るべきものは　臨時の祭。行幸（ぎょうこう）。賀茂（かも）祭の折、斎院（さいいん）がお還（かえ）りになる行列。賀茂祭の前日の、関白の御賀茂詣で。

二二〇

賀茂（かも）の臨時の祭の日は、空が曇って寒々しく、少しちらつく雪が、舞人（まいびと）や陪従（べいじゅう）の挿頭（かざし）の花や青摺（あおずり）の袍（ほう）などにかかるのが、えもいわれぬ美しさです。舞人の太刀（たち）の鞘（さや）はくっきりと黒く、まだら模様があって幅広に見えるところに、半臂（はんぴ）の紐（ひも）が磨いたかのようにかかっていたり、地摺（じずり）の袴（はかま）の中から、氷かと驚くばかりの紅（くれない）の下袴の光沢が見えたりと、あらゆるものが実に見事なのです。

もう少したくさんの人で行列してほしいのですが、祭の使いは必ずしも高い身分の人ではありません。受領（ずりょう）などの場合は見る気にもならず腹立たしいのだけれど、頭につけた藤(ふじ)の花で顔が隠れているのは、良いと思います。

そのまま行列が過ぎていった方を見送るのですが、品の無い陪従には、柳襲(やなぎがさね)に挿頭の山吹(やまぶき)が似合わないものの、馬の泥よけをうんと高らかに鳴らしながら、「賀茂の社(やしろ)のゆふだすき」*と歌っているのは、とても素敵なものです。

二二一

行幸(ぎょうこう)くらい素晴らしいものが、他にありましょうか。帝(みかど)が御輿(みこし)にお乗りになっているのを拝見すると、日々自分がお近くに侍(はべ)っているのが信じられないほど神々しく、おごそかで、ご立派で、普段は目にもとまらない何々の司(つかさ)や、馬で供奉(ぐぶ)する姫大夫(ひめもうちぎみ)までが、高貴で素晴らしく感じられるではありませんか。御輿の綱をとる中将、少将も、とても素敵です。

行幸を指揮する近衛(このえ)大将は、誰よりも特別に格好良いものです。近衛府(このえふ)の人達は、

＊「ちはやぶる賀茂の社の木綿(ゆふ)だすき一日(ひとひ)も君をかけぬ日はなし」（古今集、恋一　読人しらず）

やはりすこぶる素敵なのでした。

五月の行幸は、またとなく優雅なものだったのだそうです。けれど今では絶えてしまったので、残念でなりません。昔話として人が語るのを聞いて想像してみるのですが、本当にどのようなものだったのでしょう。

その日は屋根に菖蒲を葺いたりと、普通のやり方でさえ素晴らしいのに、昔の様子といったら、あちこちの桟敷に菖蒲を葺きわたし、誰もが菖蒲の髪飾りを挿して、菖蒲の蔵人として選り抜きの美女だけが召し出されたのです。帝が薬玉をお与えになると、拝舞して腰につけたりしたというのは、どれほど素敵だったことか。「ゑいのすいゑうつりよきも」*などを打ったということですが、馬鹿馬鹿しくもおかしく思われたことでした。お還りになる御輿の前で、獅子や狛犬の舞などが披露されて……ああ、そんなこともかつてはあったなんて。ほととぎすが鳴いたりして、季節でさえも、他とは比べものにならなかったことでしょう。

行幸は素晴らしいものではあるけれど、若い君達の車などが人をたくさん乗せ、北へ南へと華やかに走らせたりする光景が見られないのが、残念です。そういった車が、他の車を押し分けて停めたりするというのが、わくわくするのだけれど。

二二二

賀茂祭が終わった後、斎院がお帰りになる行列である「祭の還さ」は、とても素晴らしいものです。前日は、祭本番ということで万事がきちんとしていて、広くきれいな一条大路を照らす日の光も暑く、車に差し込むと眩しいので、扇で顔を隠してしきりに座り直し、長いあいだ待っているのも苦しくて汗が流れました。この日はうんと早くに急いで家を出て、雲林院や知足院などのところに停まっている車に飾ってある葵や桂も、風になびいて見えたのです。日は昇ったけれど、空はまだ曇ったまま。いつもは「本当に、どうにかして聞かなくては」と、目を覚まして起きて待っているほととぎすの声が、多すぎると思えるほど響いているのは、何とも素晴らしいと思うのです。ほととぎすの真似をしようと、鶯が年寄りじみた声を張り上げて鳴き声を添えるのはしゃくにさわるけれど、それもまた一興というものでしょう。

今か今かと待つうちに、御社の方から赤衣を着た下人達が連れ立ってやってきたので、

「どうなの、もう始まるのかしら」

＊カッコ内、意味未詳。

と尋ねると、

「まだ、いつになるかわかりませんよ」

などと答えて、御輿などを持って帰っていきました。斎院はあの御輿にお乗りになってお渡りになるのかと思えば、素晴らしくも畏れ多く、あのような下賤の者がどうしてお近くでお仕えするのかと、恐ろしい気がするのです。

下人達はだいぶ先のように言っていたけれど、ほどなくして行列がやってきました。お供の女房達の、扇からはじまって青朽葉の着物が、とても美しく見えます。また蔵人所の衆達が、青色の袍に白襲の裾をちょっと帯に挟みこんだ姿は卯の花の垣根のように思われて、ほととぎすもその陰に身を隠したかとも見えるのでした。

前の日は、一台の車に大勢で乗って、皆お揃いの二藍の指貫や狩衣などをしどけなくまとって簾も取り払い、正気とは思えない様子だった若君達も、斎院のお相伴役ということで、今日はきちんと正装を身につけています。一人ずつ寂しげに車に乗っている後ろの席に、可愛らしい殿上童を乗せているのも、面白いのです。

行列が去った途端に気がせくのか、車を前に出そうと、我も我もと危なく恐ろしいほど急ぐのを、

「そんなに急ぐものではありません」

と扇を出して制しても、供の者は聞き入れないので困ってしまいます。少し道幅の

広いところで無理に車を停めさせれば、供の者達はじれったがって腹立たしく思っているに違いないのだけれど、つかえているたくさんの車を眺めているのが、面白いのでした。誰が乗っているともわからない男車が、後ろから続いて来るのも普段よりは興味深いのに、分かれ道のところで男が、

「峰にわかるる」*

と言ったのには、感心したことです。やはり興奮が醒（さ）めやらず、斎院の鳥居の近くまで行って、見てくることもありました。

内侍（ないし）の車などがとても騒がしいので、他の道から帰ると、そちらは本当の山里風で風情（ふぜい）豊かなのです。うつぎ垣根というものがあり、ひどく荒っぽくばさついて、卯の花の枝がたくさんつき出ているのに、花はまだ開ききっていません。蕾（つぼみ）がちの枝を折らせて、車のあちこちに挿してみれば、最初から挿してあった葵かずらなどがしおれて残念だったので、嬉（うれ）しく思われました。たいそう道が狭く、とても通れそうにない行く手にどんどん近づいていくと、さほどでもなかったりするのが、面白いのです。

＊「風吹けば峰にわかるる白雲の絶えてつれなき君が心か」（古今集、十二恋二　壬生忠岑）

二二三

五月頃などに山里に出かけるのは、とても楽しいものです。草の葉も水も、一面が青々として見え、見た目は何ということもなく草が生い茂っているだけのところを長い列をつくって進んでみると、茂みの下には深くはないけれど意外なほどに水があって、従者(ずさ)達が歩くと飛沫(しぶき)があがるのは、実に愉快です。

左右の垣根から伸びた何かの枝などが車の屋形に入ってくるのを、急いで摑(つか)んで折ろうとするのですが、すっと過ぎて手を離れてしまうのが、何と口惜(くや)しいこと。蓬(よもぎ)が車に押しつぶされて、車輪が回ってきた時に近くで香りが漂うのも、素敵なのです。

二二四

うんと暑い季節の、夕涼みといった頃合い。もののありさまなども暗くてはっきりしなくなってくれば、先払いがいるような男車は言うまでもなく、普通の車であっても、後ろの簾(すだれ)を上げて二人でも一人でも乗せて走っていくのが、涼しげに見えることです。ましてや琵琶を弾き鳴らしたり、笛の音など聞こえてくれば、通り過ぎていってしまうのも悔しいほど。そんな時は、牛の尻にまわす革紐の、下品で嗅ぎ慣れない匂いにすらうっとりする自分が馬鹿みたい、と思われるのです。

真暗で月の無い夜、車の前に灯した松明の煙の香が、車の中に漂うのも、素敵。

二二五

五月四日の夕方、翌日の端午の節供のために、たくさんの青い菖蒲をきちんと切り揃え、赤衣を着た人夫が左右にかついで行くのは、よい眺めです。

二二六

賀茂神社へ参詣に行く途中、田植えということで、新しいお盆のようなものを笠としてかぶった女達が、大勢立って歌を歌っていました。*前かがみで伏し拝むかのようにして、また何をするでもなさそうに後ろに進んでいくのは、どうしたことなのでしょうか。面白く見物していたのですが、ほととぎすのことをずいぶん馬鹿にした歌を歌っているのが、不愉快です。

「ほととぎす、お前、あいつめ。お前が鳴くから、こちらは田植えだ」

と歌う声を聞いて、いったい誰がほととぎすを「いたくな鳴きそ」*などと歌に詠んだのかしら、と思いました。宇津保物語の仲忠の幼少時代をけなす人と、ほととぎすは鶯に劣ると言う人は、本当に薄情で憎たらしいことです。

二二七

八月の末、太秦の広隆寺に詣でる時、穂が出ている田を大勢で眺めて騒いでいる人々が見えたのは、稲刈りの景色なのでしょう。「早苗とりしかいつのまに」**と歌に詠まれていますが、本当につい先日、賀茂詣でに行く時に田植えを見たのに、もうこのようになったのですね……。

今回は男達が、赤くなった稲の、根元の青いところを持って刈るのです。何だかわからない道具を使って根元を切る様子は簡単そうで、私もしてみたくなる眺めでした。どうしてそんなことをしているのか、稲穂を敷いて、男達が並んで座っているのも面白いものです。仮小屋の様子なども、また。

二二八

九月二十日過ぎ頃、長谷寺(はせでら)に参詣し、ひどく粗末な家に泊まったところ、疲れ果てててただひたすら眠り込んでしまいました。

夜が更けて、窓から漏れてきた月の光が寝ていた人達の着物に白く映えたりしていたのには、うっとりするように感じられたものです。こんな時にこそ、人は歌を詠むのですね。

＊ P107　苗を植える様子が、農作業を見慣れぬ清少納言にはわからなかったと思われる。

＊「ほととぎすいたくな鳴きそひとりゐていのねらえぬに聞けば苦しも」（万葉集、八　坂上郎女）、「ほととぎすいたくな鳴きそ汝(な)が声をさつきの玉にあへぬくまでに」（万葉集、八　藤原夫人）

＊＊「昨日こそ早苗とりしかいつの間に稲葉そよぎて秋風の吹く」（古今集、四秋上　読人しらず）

二二九

清水寺などにお参りをして、坂下からのぼっていく時、柴を焚く香が風情たっぷりに感じられるのは、よいものです。

二三〇

秋冬を過ぎるまで残っている、五月の節供の菖蒲のすっかり白く枯れてしまったものを折ってみると、当時の香りが残っていて漂いだすのは、とても素敵。

二三一

十分にお香を着物に薫きしめておいたのに、一昨日、昨日、今日と忘れてしまい、後で伏籠から着物をとり上げた時に煙の残り香がするのは、薫いたばかりのお香よりも良いものです。

二三二

月がたいそう明るい晩に車で川を渡れば、牛が歩くにつれ、水晶などが砕けるように水が散るのは実に、素晴らしいこと。

二三三

大きい方が良いもの。

家。弁当袋。法師。果物。牛。松の木。硯(すずり)の墨。

目の細い男は女っぽい。……けれど、おわんのような目もまた、恐ろしいもの。

火桶(ひおけ)。ほおずき。山吹(やまぶき)の花。桜の花びら。

二三四

短くあってほしいもの。

急ぎの仕立て物を縫う時の糸。下衆女(げすおんな)の髪。ちゃんとした家の娘さんの声。燭台(しょくだい)。

二三五

ちゃんとした家にふさわしいもの。

廻(まわ)り廊下。円座(わろうだ)。三尺の几帳(きちょう)。大柄な下働きの童女(わらわめ)。見苦しくない召使い。従者(ずさ)の詰所。折敷(おしき)。お膳。中盤。おはらき。衝立障子(ついたてしょうじ)。かき板。美しく装飾された弁当袋。唐傘(からかさ)。棚厨子(たなずし)。提子(ひさげ)。銚子(ちょうし)。

二三六

どこかへ行く途中、端正でほっそりした召使いの男が、立文(たてぶみ)を持って急いで行くのに会うと、どこに行くのかしらと目にとまります。

また小綺麗な童女が、袙などはおろしたてというわけでなく着慣れたものをまとい、歯に土がたくさんついた艶のある足駄をはいて、白い紙で包んだ大きな物、もしくは箱の蓋に草子などを入れて運んでいると、たまらなく呼び寄せて見てみたくなるのです。

門の近くを通る人を呼び入れようとした時、愛想も見せず、返事もせずに通り過ぎていく者がいると、その者を使っている主人の品性までが推し量られるのでした。

二三七

何かを見物する時、みすぼらしい車に貧相な格好で乗って来る人には、他の何よりもいらいらさせられます。まだお説経などを聴くのなら、それでもよいでしょう。罪を消すために来たのですから。けれどそれでもやはり、あまりにひどい様では見苦しいもの。ましてや賀茂祭などは、そんな格好ならば見に来なければいいのに……。

その手の人というのは、車に下簾もなくて、白い単衣の袖などを、出だし衣よろしく垂らしたりしているようです。私など、ただもうその日のためにと車の簾も新調して、これなら恥ずかしくなかろうと出かけ、もっと素敵な車などを見つけては、「何のために出てきたのかしら」と思っているというのに。ましてやそんな人達は、どんなつもりでみすぼらしい車で見物しているのでしょう。

よい場所に車を停めようと急かしたので、早くに出発した私達。行列を待つ間、座ったり立ったりしながら、暑さや狭苦しさで疲れた時に、斎院のお相伴に参上した殿上人、蔵人所の衆、弁官や少納言などが、七、八台の車を連ねて斎院の方から走らせて来れば、「準備ができたのだわ」とはっと気付かされて、嬉しくなります。

見物用の桟敷の前に車を立てて眺めるのも、とても楽しいもの。殿上人がこちらに何か言って寄越したりもするのです。前駆を務める者に、桟敷の主が水飯をふるまうということになれば、階段の近くに前駆達が馬を引き寄せます。中に混じっている立派な家の子息などには、桟敷から殿上人の雑色などが下りてきて馬を預かったりするのが、興味深いのです。そうではない前駆は見向きもされないのは、気の毒な感じですが。

斎院の御輿がお渡りになると、全ての車は轅を下ろします。過ぎ去るとあわてて上げるのも、面白いのです。

自分の車の前に来る車のことは従者がさんざ制するのですが、相手の従者が、

「どうしていけないのだ」

と強引に停めてしまうとそれ以上は言いかね、主人同士でやりとりなどするのは、面白いもの。

隙間なく車が立て込んでいるところに、高貴な家の車が、お供の車を何台も連れてやってきました。「どこに停めるのかしら」と見ていると、前駆達が馬から続々と下りて、停まっている車をどんどん除けていき、お供の車までずらりと停めさせたのは、実にお見事というものでした。追い払われたたくさんの車が、外してあった牛をかけて、場所がある方へとがたがた引いて行くのは、ひどくみじめに思われます。堂々と立派な車は、そんなに乱暴に押しやったりしないのに。

一見きれいな車だけれど、田舎臭くて卑しい下衆などをやたらと呼び寄せて、見物しやすい場所に出しておいたりすることもあるようです。

二三八

「細殿で、そこにいるべきではない殿方が、暁に傘をさして出ていったのですって」と噂されていたのをよく聞いてみれば、私に関することでした。地下とは言っても、まずまずの身分で他人にとやかく言われるような人でもないのに、変な話……と思っていたところ、中宮様からの御文が届いて、「返事を、すぐに」ということなのでした。

何ごとかしらと見てみれば、大きな傘の絵があって、人物は見えません。ただ手だけが傘を持っていて、その下に、

「山の端明けしあしたより」*

とお書きになっていました。やはりちょっとしたことについてでも、中宮様がなさると、ひたすら素晴らしく思われます。恥ずかしいこと、気に入らないことは絶対にお目にかけまいと思うのに、このような噂が浮上するのはつらいものです。けれど御文の素晴らしさのあまり、私は別の紙に大雨が降る絵を描いて、その下に、

「ならぬ名の立ちにけるかな**

……そんなわけで、濡れ衣を着せられたのでしょう」

とお返事を差し上げると、中宮様は右近の内侍などにお話しになり、お笑いになったということでした。

二三九

皇后様が、三条の宮***にお住まいの頃のこと。五月五日の菖蒲の輿などが衛府から運ばれ、薬玉を差し上げたりしたのです。若い女房達や御匣殿などが薬玉を作って、姫宮や若宮のお召し物に、おつけになっていました。

とても美しい薬玉がよそから進上されていましたが、また青ざしというお菓子も届いていたのを、洒落た硯の蓋に青い薄様を敷いて載せ、「こちらはませ越し****の麦でございます」と皇后様に差し上げたところ、

みな人の花や蝶やといそぐ日もわが心をば君ぞ知りける

＊Ｐ115　殿上を許されていない人。

＊「あやしくもわれ濡衣を着たるかな御笠の山を人に借られて」（拾遺集、十八雑賀　藤原義孝）より。傘の絵を「御笠の山」の語に当てた。

＊＊雨の絵より続けて、「雨ならぬ名の……」と読む。中宮は噂が「濡れ衣」だと理解していたことを受けて。

＊＊＊「三条の宮」とは、第八段で中宮定子が出産のために移った大進生昌の家のこと。その後、定子が男児を出産した日に藤原道長は娘の彰子を一条天皇に入内させ、彰子が中宮、定子が皇后という異例の事態となった。本段は、定子が皇后となった後の失意の頃を書く。この時、定子は第三子を懐妊中であり、この年の暮れに出産後、二十四歳で他界。

＊＊＊＊「ませ越しに麦喰む駒のはつはつに及ばぬ恋も我はするかな」（古今六帖、二）。「はつはつに」は、「わずかばかり」の意。

（華やかな方へと皆が去る日でもあなたは私の心のそばに）

と、薄様の端を破ってお書きになったのは、実に素晴らしいことでした。

二四〇

御乳母である大輔の命婦が日向へ下る時、中宮様が御下賜になった何本もの扇の中に、片側にはうららかに日が射している田舎の館などをたくさん描いて、もう片側には京のしかるべき邸に雨がひどく降っている様子を描いたものがありました。そこに、

あかねさす日に向ひても思ひ出でよ都は晴れぬながめすらんと

（日に向かう地でも忘れないでいて胸の長雨の晴れぬ私を）

と、御自筆でお書きになったのが、しみじみとおいたわしいことでした。このような主君を都に残して、とても遠くへ行けるものではないことでしょう。

二四一

私が清水寺に参籠していた時、わざわざ中宮様が御使いを出して届けて下さった御文には、唐の赤い紙に草仮名で、

「山ちかき入相の鐘の声ごとに恋ふる心の数は知るらん」

（夕暮れの山の近くの寺の鐘あなたを思う数だけ響く）

……随分な長逗留だことね」

と、お書きになっていらっしゃいました。失礼にならないような紙なども忘れて出た旅先なので、散華に使う紫の蓮の造花の花びらに返事を書いて、差し上げたのです。

二四二

駅は　梨原。望月の駅。山の駅は、かねがねあわれ深い話を聞いていたところに、さらにあわれなことがあったので、あれこれと考え合わせても、やはりしみじみと感じられるのです。

二四三

社（やしろ）は　布留（ふる）の社。生田（いくた）の社。旅の御社（みやしろ）。花ふちの社。杉の御社は、霊験（しるし）*があるかしらと、興味深いのです。ことのままの明神（みょうじん）は、とても頼もしく思われます。「願いをそう聞いてばかりいては……」**と言われるかと思うと、お気の毒なのですが。

二四四

蟻通（ありとおし）の明神（みょうじん）は、紀貫之（きのつらゆき）の馬が病になった時に「この神様の祟（たた）りだ」と歌を詠んで奉納したということなので、とても興味深いのです。

蟻通と名をつけた理由として、真偽のほどは定かではありませんが、次のような話があります。昔おいでになった帝（みかど）が若者ばかりを可愛がり、四十歳になった人は殺してしまわれたので、年をとった人は遠い他国まで行って隠れるなどして、都の中には全くいなくなってしまいました。その頃に中将だったある男は、帝の覚えもたいそうめでたく、性質も優れていたのですが、彼には七十歳近い両親がいたのです。「このように四十の人でさえ虐げられているのだから、ましてや七十ではどんなに恐ろしいことに……」と親が怖がって騒いでいたところ、とても親孝行な中将は、「遠い所には住まわせたくない。一日一度、顔を見ずにはいられまい」と、密かに家の中の土を掘り、その中に小屋を建てて両親をかくまって、しょっちゅう行っては様子を見ていたのです。他人にも朝廷にも、両親はどこかに行方をくらましたのだと説明していました。

それにしても、家に籠っているような年寄りのことは、帝も放っておかれればよいのに……。嫌なご時勢だったのですね。

この親は、上達部などではなかったのでしょうが、よく中将ほどの子供を持ったものです。親はとても賢明で博識だったので、中将も若いけれど大層評判がよく思慮深いと、帝も重用されていたのだそうです。

その頃、唐の帝は、日本の帝をどうにか騙して国を奪おうと、いつも知恵試しをしたり、争いごとを挑んだりと脅していました。ある時は、艶の出るほど丸くきれいに削った二尺ほどの長さの木を、

「この根元と先はどちらか？」

＊「わが庵は三輪の山もと恋しくはとぶらひ来ませ杉立てる門」（古今集、十八雑下）、「いにしへの事ならずして三輪の山見ゆるしるしは杉にぞありける」（貫之集　紀貫之）などから。

＊＊「ねぎごとをさのみ聞きけむ社こそ果ては嘆きの森となるらめ」（古今集、十九誹諧歌）より。

と問うために寄越してきました。誰も答えを知る術を持たなかったので、帝はお困りになっています。中将は、憂慮の末に親の所に行って、「こんなことがありました」と言えば、

「とにかく流れの速い川辺に立って、木を横にして投げ入れ、先を向いて流れていく方に先と書いて送り返しなさい」

と教えたのです。

中将が参内し、自分が知っていたかのように「このように試してみましょう」と、人々を連れて木を川に投げ入れ、先になって流れていった方に印をつけてお遣わしになると、その通りだったのだそうです。

またある時は、二尺ほどで全く同じ長さの二匹の蛇を、

「どちらが雄で、どちらが雌か」

と寄越してきました。やはり誰もわからなかったので、また中将が親に訊ねると、

「二匹を並べて、尾の方に細い若枝を近づけて、尾が動かない方を雌としなさい」

と言ったのだそうです。すぐに内裏でそうしたところ、本当に一匹は動かず、一匹は尾を動かしたので、そのように印をつけて、お遣わしになったのでした。

その後しばらく時が経ってから、今度は中に幾重にも曲がりくねった穴が通って左右に貫通している小さな玉が、

「これに紐（ひも）を通していただきましょう。我が国では皆、していることです」

　と、献上されました。

「どんな器用な人でも手に負えないだろう」

と、多くの上達部や殿上人（てんじょうびと）、そして世間の人々も誰もが口を揃（そろ）えるので、中将がまた親に「こうなのです」と言うと、

「大きな蟻をつかまえて、二匹ほどの腰に細い糸をつないだら、またそれにもう少し太いのをつないで穴に入れ、出口に蜜を塗ってみなさい」

ということなので、そのように申し上げて蟻を入れてみると、蜜の匂いを嗅いで、蟻はあっという間に向こう側の口から出てきたのだそうです。こうして、糸が通った玉を返した後は、「やはり、日本という国は賢いものだな」ということになり、唐の帝も以降はそのような事をしなくなったということです。

　中将のことを素晴らしい人物だと思われた日本の帝は、

「何を褒美にして、どんな官位を与えようか」

　とおっしゃったのですが、

「官職も位階も、いただく気は全くございません。ただ、いなくなってしまった年老いた父母を探し出して、都に住まわせることをお許し下さいませ」

　と申し上げると、

「いともたやすいことだ」

とお認めになったので、多くの人々の親達が、それを聞いて喜ぶことといったらありませんでした。帝は中将を、上達部から大臣へと、お取り立てになったということです。

このようなことから、その老いた親が蟻通の明神になったのでしょうか。参詣した人のところに明神様が夜に現れて、

「七曲にまがれる玉の緒をぬきてありとほしとは知らずやあるらん」

（七曲の玉を貫き通すのは蟻だと誰が知っているのか）

と、おっしゃったのだそうですよ。

……と、ある人が私に語ったのでした。

二四五

一条の院のことを、今内裏と称します。帝がおいでになる御殿は清涼殿ということになり、その北にある御殿に、中宮様はいらっしゃるのです。西と東は渡殿になっていて、帝がお渡りになり、中宮様が参上される道となっています。前は壺庭なので、

庭木が植えられ、竹垣を編み、よく整っているのでした。

二月二十日頃、お日様がうららかに照っている日、東の渡殿の西の廂の間で、帝が笛をお吹きになられました。帝の笛の師匠である高遠の兵部卿とともに、二本の笛で「高砂」を繰り返しお吹きになる様は、やはり「実に素晴らしい」というくらいでは、月並みに思われるほど。高遠の兵部卿が、笛についてのことなど帝に奏上されるのも、素敵でした。私達が御簾のところに集まってそのような様を拝見する時は、「芹摘みし」*の歌のように不満を覚えることなど、なかったのです。

すけただは木工寮の役人で、蔵人になった人です。ひどく荒っぽくて変わった人なので、殿上人や女房達は「がさつさん」とあだ名をつけたのを歌にして、

「我が物顔のお方、尾張人の種だから……」

と謡うのは、すけただが、尾張の兼時の娘が産んだ子だからなのです。この歌を帝が笛でお吹きになるのを私達はお側で聞いて、

「もっと高くお吹き下さいませ。すけただの耳に届くことはないでしょうから」

と申し上げると、

「さあ、どうかな。そうは言っても聞きつけるだろうよ」

*「芹摘みし昔の人もわがごとや心にものは叶はざりけん」という古歌より。

と、こっそりと吹かれていたものですが、今日はご自身で向こうからお越しになって、

「あの者はいないようだね。さあ、吹こうか」

とおっしゃってお吹きになったのが、実に素晴らしいご様子だったのでした。

二四六

生まれ変わって天人などになったかのように見えるのは、普通の女房として宮仕えしている人が、やんごとない方の御乳母になった姿。女房の正装である唐衣も着ず、どうかすると裳すらつけない姿で御前で添い寝をし、御帳の中を居場所として女房達を呼びつけてこき使い、自分の局へ用事をいいつけたり、文を取り次がせたりしている様子は、言い尽くせそうにありません。

六位蔵人になった雑色も、素晴らしいものです。昨年の十一月の賀茂の臨時の祭で琴を持っていた時は人だとも思って見ていなかったけれど、蔵人となって君達と連れ立って歩く様子は、いったいどこの人かと思われるのです。他の身分から蔵人になった場合は、特にそれほどにも思えないのだけれど。

二四七

雪が深く積もって、なお降り続けている時。五位でも四位でも、見目うるわしく若々しい人達が、石帯をしめた痕が残っているきれいな色の袍を宿直姿にたくし込み、さえざえと雪に映えて色が濃く見える紫の指貫を着て、紅もしくは派手な山吹色の袙を出だし衣にして傘をさしているところに、強い風。真横から雪が吹き付けるので、傘を少し傾けて歩いて来るのですが、深沓や半靴などの脛当てまで雪で白くなっているのが、素敵。

二四八

細殿の遣戸をうんと朝早くに押し開けると、御湯殿の廊下から降りてくる殿上人が、ひどくはだけてくたくたの直衣や指貫から、色とりどりの衣がはみ出しているのを押し込みながら、北の陣の方へと歩いて行きました。開いている戸の前を通るというので、冠の後ろに垂れる纓（えい）を前に回して、顔を隠して去っていったのが、面白かったのです。

二四九

岡は　船岡（ふなおか）。片岡（かたおか）。鞆岡（ともおか）は、笹（ささ）が生えているのが面白いもの。かたらいの岡。人見の岡。

二五〇

降るものは　雪。霰（あられ）。霙（みぞれ）は嫌いだけれど、白い雪混じりに降っているのは、素敵。

二五一

雪は、檜皮葺（ひわだぶ）きの屋根に降るのが何とも言えません。それも、少し消えかかっているところが。また、それほど多くは降らなかった雪が、瓦の目の一つ一つに入り込み、瓦が黒く丸く見えるのも、とても面白い眺めです。

時雨や霰（あられ）は、板屋根に降るのが。

霜も板屋根、そして庭。

二五二

日は　落日。沈みきった山の稜線（りょうせん）に、光がまだ残って赤く見えているところに、琥珀（こはく）色に染まった雲がたなびいているのは、たまらなく素敵。

二五三

月は　有明（ありあけ）の月が東の山際の空に細く見えるのが、たまらなく素敵。

二五四

星は昴(すばる)。ひこ星。宵の明星。よばい星は、ちょっと面白い感じ。尾を引いていなければ、なお良いのだけれど。

二五五

雲は白。紫。黒い雲も、面白いもの。

風が吹く時の雨雲。

夜が明け切る頃、黒い雲が次第に消えて空が白くなってゆくのも、心惹(こころひ)かれる眺めです。「朝に去る色」などと、漢詩にも詠んであるようです。

たいそう明るいお月様の顔に、薄い雲がかかっているのは、素敵……。

二五六

騒がしいもの。

ぱちぱちと爆(は)ぜる火の粉。朝、供養のために撒(ま)かれたごはんを、板屋根でついばむ烏(からす)。観音様の縁日である毎月十八日に、清水寺(きよみずでら)に大勢が籠(こも)る時。暗くなってもまだ灯(あか)りをともしていない頃に、他所(よそ)から人が来た時。ましてや、遠い国からその家の主人が戻ってきた時は、大騒ぎになるのです。近所で、「火が出た！」という声がした時。とはいえ、燃え移ることはなかったのだけれど。

二五七

無造作なもの。

女官(にょうかん)達が髪を結い上げた様。唐絵(からえ)に描かれた石帯(せきたい)の裏側。聖(ひじり)のふるまい。

二五八

言葉遣いが乱暴なもの。

宮咩の祭文を読む人。舟を漕ぐ者達。雷鳴の陣の舎人。相撲をとる人。

二五九

小賢しいもの。

今時の三歳児。

子供のための祈禱をし、腹を撫でさすりなどする女。祈禱の道具を作るため、お願いして材料などをもらい受けるのですが、紙をたくさん重ねてなまくら刀で切る様は、一枚だって切れそうにありません。しかしその刀を使うと決まっているので、自分の口までゆがめながら押し切るのです。目のたくさんついた道具で御幣をかける竹を割ったりしてたいそう神々しく仕上げ、それを振りながら祈る言葉は、いかにも小賢しいもの。その上、

「何々の宮様や、どこそこの殿の若君がひどくお悪くていらっしゃったのを、すっか

り拭い去るようにお治し申し上げたので、ご祝儀をたっぷりと下さったのですよ。あの人この人とお召しになったけれど、効果が無かったので、今でもこの婆をお召しになるというご贔屓をいただいております」

などと語る顔も、卑しいのです。

下衆の家の女主人。

愚かな者。そんな者に限って小賢しくて、本当に賢い人に教えがましくするものです。

二六〇

ひたすら過ぎゆくもの。

帆をかけた船。人の年齢。春、夏、秋、冬。

二六一

ことさらに気にかけられないもの。

暦の上の凶日(くにち)。他人の老母。

二六二

手紙の言葉が無礼な人は、心底嫌なものです。世の中を適当に書き流す言葉が、憎らしいのです。それほどでもない人に対して、あまりに畏まった言葉を使うのは、良いことではありません。とはいえ無礼な手紙は、自分に届くのはもちろんのこと、他人のところに来ても、腹立たしいのでした。

だいたい、面と向かっている時にも、失礼な言葉遣いの人には「なぜこんなことを言うのかしら」と、苦々しく思うものです。ましてや高貴なお方についてそんな言葉で申す者は、いまいましくすら感じられます。田舎者などがそのような言葉遣いをするのは、馬鹿げていてよいのだけれど。

家の男主人などに対して無礼な口をきくのは、言語道断でしょう。また、自分が召し使っている者などが、「何々でいらっしゃる（何とおはする）」「何々とおっしゃる（のたまふ）」などと言うのも、ひどく不愉快です。そんな人達に、「ございます（侍り）」という言葉を使わせたいものよ、と思うことがしょっちゅうなのです。

そのように気楽に注意ができるような者に、

「まあおかしい、失礼よ。どうしてそんな乱暴な言葉遣いを……」

と言うと、聞いている人も、言われた人も笑います。私がそんな性分のせいか、

「目くじらをたてすぎよ」

などと言われるということは、傍目には変に映っているのでしょう。

殿上人や参議などのことを、本名のままで何の躊躇も無く言うのは、大層みっともないことです。しかし、女房の局で使われているような女のことさえ、はっきりと名を呼ばずに「あのお方」とか「君」などと言うと、そのように呼ばれることは滅多に無いことと喜んで、呼んだ人を褒めそやすといったらありません。

殿上人や君達のことは、帝の御前以外においては、官位の名だけで呼ぶものです。また御前においては、自分達同士で話す時も、帝のお耳に入るのですから、どうして「まろが」などと言えましょう。そのように言うのは畏れ多いことですし、「まろ」などと言わなくとも、差し支えはあるまいにねえ。

二六三

ひどく汚いもの。
なめくじ。粗末な板敷を掃く箒(ほうき)の先。殿上の間(てんじょうのま)に備え付けのお椀(わん)。

二六四

怖くてたまらないもの。
夜の雷(かみなり)。近所に入った盗人(ぬすびと)。自分の家に来た時は、無我夢中なので怖さも感じないのだけれど。近所の火事もまた、恐ろしいものです。

二六五

頼もしいもの。

病気の時に、お供の僧を大勢連れて、阿闍梨（あじゃり）が祈禱（きとう）をしてくれること。むしゃくしゃする気分の時、真摯に自分のことを思ってくれる人が、慰めてくれること。

二六六

立派な支度を整えて迎えたのに、すぐに通ってこなくなってしまった婿が舅（しゅうと）と会ったなら、「気の毒なことをした」と思うのでしょうか……。

時流に乗ってたいそう栄えている人の婿となったある男が、たった一ヶ月もきちんと通わないままに、訪れなくなってしまいました。娘の家の者は皆大騒ぎで、娘の乳母（めのと）など、婿を呪うようなことまで言う者もいたのですが、その婿が翌年の一月に、蔵人（くろうど）になったのです。

「意外なことよ。『こんな間柄で、どうして昇進できるものか』と、皆が思っていたのになあ」

などとあれこれ噂（うわさ）されているのは、婿の耳にも入ったことでしょう。

六月、ある方が法華八講（ほっけはっこう）を催したところに人々が集まって聴いている時、蔵人になった婿が、綾織（あやおり）の表袴（うえのはかま）、黒半臂（くろはんぴ）など、目にも鮮やかな格好で来ていました。その男が、

見捨てた妻が乗っている車の鴟(とみ)の尾というところに、半臂の緒(お)をひっかけそうなほど近くにいたのを、

「妻はどのような気持ちで見ているのだろう」

と、車中の人々や知り合い達は皆、気の毒に思っていたのです。他の人達もまた、

「よく平気で近くにいたものだ」と、後々まで言っていました。

やはり男というものは、思いやりや他人の気持ちといったことは理解できないのでしょうね。

二六七

この世でひどく落ち込むことは何かといったら、やはり他人から嫌われることではないかと思います。いったいどこの変わり者が、「自分は他人に嫌われたい」と思うでしょうか。だというのに、宮仕えをしている先でも、親、兄弟の間でも、おのずと好かれる・好かれないの違いがあるのが、とてもやるせないのです。

高貴な方の場合はもちろん、身分の低い者でも、親などが可愛がっている子供は、周囲からも注目を集め、大切に思われるものです。優れた子ならば、親がこの子を可

愛がらないはずがないと、自然と思えるもの。取り柄の無い子もまた、「この子を可愛いと思うのは、親だからこそなのでしょうね」と、憐れみが湧いてきます。

親でも主君でも、またお付き合いのある人は誰であっても、人から好かれるくらい素晴らしいことはありません。

二六八

男こそ、やはり全くありえない、奇怪な考え方をするものなのです。大変な美女を見捨てて、不細工な女を妻に持つというのも、わけがわからないもの。宮中に出入りできるような人や名家の息子などは、数多いる女の中でも、よい人を選り抜いて思いを寄せるべきなのに……。手が届きそうにない身分の相手であっても、自分が「素晴らしい」と思う女性を、死んだ気になって好きになればいいのです。どこかの令嬢や、会ったことの無い人でも、素晴らしいという評判を聞いた女性を、どうにか妻にしたいとも男性は思うのでしょう。その一方で、女の目にもひどいと思われる相手を好きになるというのは、一体どうしたことなのかしら。

外見も素晴らしければ気立ても良い女が、きれいな字で歌もしっとりと詠んで、冷たい男への恨みごとを書きよこしたのに、男は小賢しく返事はするものの、女の家には寄りつきません。いじらしく悲しみに耐えている女を見捨てて他所へ行ったりする男には、あきれ果てて義憤が湧いてくるし、他人からも不愉快に見えるはず。けれど男は自分のこととなると、相手のつらさを全く理解しないものなのですね。

二六九

男はもちろん女にとっても、何にも増して素晴らしいのは、思いやりの心を持つことなのだと思います。何気ない言葉でも、そしてそれほど深く心に響かなくても、かわいそうなことに対しては「かわいそうに」と、またやるせないことには「まったく、どんなお気持ちでいることか」などと人が言っていたと伝え聞くのは、面と向かって聞くよりも嬉しいもの。どうにかして相手に、「お気持ちが沁みました」と伝えたいと、いつも思うのです。

自分のことを必ず考えてくれたり訪ねてくれたりする人は、それも当たり前なので、格別なこととは思いません。けれどそんなことはしなさそうな人が、ちょっとしたやりとりの時にほっとさせてくれるのは、嬉しいもの。とても簡単なことだけれど、滅多にあることではありません。だいたい、性格が良い上に本当に利発という人は、男でも女でも、滅多にいないようです。……とはいえそんな人もたくさんいるはず、ですけれど。

二七〇

他人の噂話をすることに腹を立てる人というのは、全くどうかしています。どうして噂をせずにいられるというのでしょう。自分のことは棚に上げるとして、噂話ほどうずうずと言いたくなるものがあるかしら。

けれどそれは、褒められたことでもないのです。また、本人が自然と聞きつけてしまって恨まれるかもしれないのが、まずいのですが。

きっぱり嫌いになれない人については、「かわいそうだし」などと見逃すので、我慢して話題にしないだけのこと。そうでさえなければ、暴露して笑い飛ばしたいところなのでした。

二七一

人の顔で、特に美しく見える部分は、いつ見ても「なんて綺麗、こんな人はそういない……」と思います。絵などは、何度も見てしまえば、目を引かれなくなってくるものなのに。いつも近くに立ててある屏風の絵などは、とても素晴らしいけれど、あえて見られることもありません。

人の容姿というのは、実に興味深いものなのでした。不格好な造作の中でも、良いところの一つは、目に留まります。醜いところについても同じかと思うと、やりきれないのですけれど。

二七二

年寄りじみた人が指貫を穿く様子は、ひどくまだるっこしいものです。指貫を前に当て、まず着物の裾をすっかり押し込んで腰紐はそのままにしておき、衣の前側を整えてから、腰をかがめて背後を探るのですが、後ろに手を伸ばし、まるで猿が後ろ手に縛られたように腰紐を解きながら立ち上がる様子は、急ぎの用で出て行くにはとても間に合いそうになく見えるのでした。

二七三

十月十日過ぎの月がたいそう明るい晩に、月を見ながら散歩をしようと、女房が十五、六人ほど、皆が濃い紅(くれない)の衣(きぬ)を着て、裾をひきずらないよう折り返していたのです。しかし中納言の君は、糊(のり)でごわごわの紅の衣を着て、襟から髪を出して前に回していらしたのが、残念なことでした。卒塔婆(そとば)にそっくりだったのです。若い女房達は、「雛(ひいな)の典侍(すけ)」とあだ名をつけていました。後ろに立って笑っていても、ご本人は全く気づかないのでした。

二七四

源成信(みなもとのなりのぶ)の中将といえば、人の声をとてもよく聞き分けた方です。同じ場所にいる人達の声は、普段から聞きつけていなければ全く判別することができないもの。特に男の人は、他人の声も筆跡も、見分けたり聞き分けたりできないけれど、成信の中将は、どれほどかすかな声でも、正確に聞き分けていらっしゃいました。

二七五

大蔵卿の藤原正光様ほど、鋭い耳の持ち主はいません。本当に、蚊のまつ毛が落ちる音も、聞き取ってしまいそうなのです。

私達が職の御曹司の西面に住んでいた頃、大殿の新中将が宿直でいらして、私と話していた時のこと。近くにいた女房が、

「扇の絵のことを、こちらの中将に言ってちょうだい」

と囁くので、

「もう少しして、正光様が行ってしまわれてからね」

と、ごく小声で耳打ちすると、相手でさえ聞き取れずに、

「なに？　なんですって？」

と耳を傾けて来るのですが、正光様は遠くに座っているのに、

「けしからん。そんなことをおっしゃるなら、今日はここを立たないぞ」

とおっしゃったのには、どうして聞きつけたのかしらと、驚いたことでした。

二七六

嬉しいもの。

初めて見る物語の一巻目を読んでもっと読みたいと思っていたら、その残りの巻を見つけた時。とはいえ、読んでがっかりすることもあるのですが。

他人が破り捨てた文をつなぎ合わせて見ていて、一続きの文章を何行も読むことができた時。

どういうことなのか……と思う夢を見て、怖くて胸がつぶれそうな時、大したことではないと夢占いで解いてくれると、とても嬉しいものです。

高貴なお方が、御前に女房がたくさん控えているにもかかわらず、昔のことであれ、最近お聞きになった世間で噂されていることであれ、お話をされる時に私と目を合わせながらおっしゃるのは、とても嬉しいのです。

遠くにいる場合はもちろんですが、同じ都に住みながらも離れて暮らしている、自分にとってかけがえのない人が病気だと聞いて、具合はどうなのかとよくわからずに案じている時、良くなったという知らせをもらったのも、とても嬉しく思います。

いとしい人が他人から褒められ、高貴な方などから「なかなかの者だ」と評価されるのも、嬉しいのです。何かの行事の時に詠んだ歌や、人とやりとりした歌が評判となって、打聞（うちぎき）*などに書き入れられることも。私はまだ経験ありませんが、それでも想像はできますよね。

それほど親しくない人が言った知らない古い詩歌について、他の人から聞くのも、嬉しいことです。後になって本の中などで見つけると、ひたすら興味が惹（ひ）かれて、「この歌だったのね」と、それを口にした人にまで、興味が湧いてくるのでした。

陸奥紙（みちのくにがみ）、もしくは普通の紙でも、質の良いものを手に入れた時。

気が引けるほど立派な人から、歌の上（かみ）の句や下（しも）の句を尋ねられて、すぐに思い出せたのは、自分ごとながら嬉しいもの。いつもは覚えている歌も、あえて人から尋ねられると、さっぱり忘れてそのままになることが、多いのです。急ぎで探している物が、見つかった時も、嬉しい。

物合（ものあわせ）など、勝負事のあれこれに勝つことは、嬉しくないはずがありません。また「我こそは」などと思ってしたり顔の人に一杯食わせることができた時も。それは相手が女の時より、男の時の方がずっと嬉しいのです。「この仕返しを絶対してやる」と思っているでしょうね……と、いつも気を緩めずにいるのも面白いのですが、相手が全く平然と何とも思っていないような様子で、こちらを油断させながら過ごしているのもまた、面白いのです。

嫌いな人がひどい目にあっているのも、罰が当たりそうとは思いつつも、また嬉しいもの。

何かの時、着物の艶出しのため打たせに出して、どうなったかと思っていたところ、きれいに仕上がって受け取った時。刺櫛を磨かせて、きれいになったのもまた、嬉しいのです。……って、「また」が多かったでしょうか。

何日も何ヶ月も、ひどい状態で病みついていたのが回復したのも、嬉しいことです。それが大切な人の場合は、我が身のことよりずっと、嬉しいのです。

御前に女房達が隙間なく座っている時、後から参上したので、少し遠い柱の所などに座っていたのを、中宮様がすぐ目に留めてくださり「こちらへ」とおっしゃるので、皆が道を開けて間近に召し入れられたというのが、また嬉しいものなのでした。

＊耳にした歌などを記した備忘録。

二七七

中宮様の御前(おまえ)で女房達と話している時や、また中宮様がお話をなさるついでなどにも、

「この世が腹立たしくわずらわしく、片時でも生きているのが嫌になって、もうどこへでも行ってしまいたいと思っている時に、普通の紙であれば純白で美しいものに上等の筆、また白い色紙や陸奥紙(みちのくにがみ)などが手に入ったら、すっかり慰められて、『まあいいか、このまましばらく生きていられそうかも』と、思えるのです。また、細かく編んで厚みのある青々とした畳筵(たたみむしろ)を広げて、高麗縁(こうらいべり)の模様が大層はっきりと黒白に見えれば、『なんてことはないわ。やっぱりこの世を見限ることなんて絶対にできない』と、命さえ惜しく思えます」

と申し上げると、

「ずいぶん大したことのないもので慰められるのね。それなら〝心を慰めかねている〟と詠まれる『姨捨山(おばすて)の月』*は、どんな人が見たのかしら?」

などとお笑いになります。お側(そば)に控える女房も、

「ひどくお手軽な息災祈願のようね」

などと言うのです。

それからしばらく経(た)って、心底悩ましいことがあり、実家に戻っていた時のこと。中宮様が素晴らしい紙二十枚を包んで、私に下さったのです。

「早く参上するように」

というお言葉と、そして、

「この紙は、**以前に紙のことをお聞きになった事があったからでしょう。『上等な紙ではないようなので、寿命経(じゅみょうきょう)も書けそうにないでしょうが』とのことです」

と仰せになったのは、なんとも素敵だったものです。皆が忘れてしまったことを覚えていてくださるというのは、普通の人であっても、素晴らしいことでしょう。ましてや中宮様が覚えていていてくださったのですから、適当に受け取ることなど、できるはずがありません。

嬉(うれ)しさのあまり心も乱れて、お返事の申し上げようもなく、

「『かけまくもかしこき神のしるしには鶴のよはひとなりぬべきかな』

(もったいない〝かみ〟のおかげで鶴ほどに長い命が得られそうです)

大袈裟(おおげさ)にすぎましょうか。……と、中宮様に申し上げてくださいませ」

として、差し上げたのです。台盤所(だいばんどころ)の雑仕女(ぞうしめ)が御使いとして来ており、青い綾(あや)の

* 「わが心慰めかねつ更科や姨捨山に照る月を見て」(古今集、十七雑上　読人しらず)を引く。

** 「この紙は……」この部分は、代筆の女房による。

単衣などを禄として与えました。この紙を冊子に仕立てるなどして大わらわになっていると、不愉快なことも紛れるような気がして、心から愉快に感じられるのでした。

　二日ほど経って、赤衣を着た召使いの男が畳を持ってきて、

「これを」

　と言うのです。

「あれは誰？　無遠慮に」

　などとつっけんどんに言うと、男は畳を置いて立ち去ってしまいました。「どこから？」と尋ねさせたけれど、「行ってしまいました」ということなので畳を中に取り入れると、御座畳という特別上等な種類のもので、高麗縁などが実に美しいのです。中宮様からではないかしら……などと心の中では思いますが、とはいえ確かではないので、召使い達を出して赤衣の男を探したのですが、姿を消していました。妙なことだと話していましたが、男がいないのでは、言っても仕方がありません。「届け先を間違えたのなら、いずれまた言ってくるでしょう。中宮様のところに様子を伺いに参上したいけれど、畳が中宮様からでなかったら気まずいし……」と思ったのですが、「でもやはり、誰がわけもなくこんなことをするかしら。中宮様がおっしゃったことに違いないわ」と、何とも素晴らしく思われたのです。

　二日ほど音沙汰もないので、間違いなく中宮様からだと思い、右京の君のところに、

「これこれのことがあったのです。そのような様子をご覧になりましたか？　こっそり事情をお知らせください。もしそういうことが無さそうなら、私がこんなことをあなたに申し上げたということは、黙っておいてね」

と送ったところ、

「中宮様が極秘にされていたことなのです。絶対に、私が申し上げたとは口にしないでください」

と返事にあったので、「やはり」と、思った通り。嬉しくなって文を書き、またこっそりと御前近くの高欄に置かせたのですが、使いの者があたふたして、置いたと思うと御階の下に落としてしまったのでした。

二七八

関白道隆様*が、二月二十一日に法興院の積善寺という御堂で一切経供養をなさる時、帝の母君でいらっしゃる女院の詮子様もおいでになるということなので、二月初め頃

* 道隆一族が栄えていた頃の回想。

に、中宮様はご実家の二条の宮へと移られました。随行した私は、到着した時は眠くなってしまったので、何も見ていませんでした。

しかし翌朝早く、日がうららかに射してきた頃に起きると、建物は白く新しく洒落た造りで、御簾をはじめとして、昨日掛けたばかりのものに見受けられます。調度の様は、獅子や狛犬などがいつの間に入って座り込んだのかしら、という面白さ。

一丈ばかりの桜が、すっかり満開の様子で御階の許にあるので、「ずいぶん早く咲いたものね。梅ならば、ちょうど今が盛りだけれど」と思ったら、それは造花でした。花の色など、すべて本物に全く劣らない出来で、作るのはどれほど大変だったことでしょう。雨が降ったらしおれてしまうだろうと思うと、残念なのです。

二条の宮は、もともと〝小家〟とかいうものがたくさんあった場所に新しく建てられたので、木立などは見るべきものでもありません。ただ御殿の様子は、居心地がよくて洒落ているのです。

やがて道隆様が、こちらにお越しになりました。青鈍色の固紋の御指貫、紅の御衣三枚ほどを、桜の御直衣の下にじかに重ねてお召しになっていらっしゃいます。中宮様をはじめ、こちら側は、紅梅の織物の濃いものや薄いもの、固紋やら無地やらを皆が着ているので、光が満ちあふれているよう。唐衣は、萌黄、柳、紅梅などもありました。

道隆様は、御前にお座りになって、中宮様に話しかけられます。その完璧なまでのご返答ぶりを、私は「実家の人達にもそっと見せてあげたいわ」と、拝見していたのです。

道隆様は女房達を見渡して、

「宮は、どうお思し召されますか？　こんなにも多くの佳人達をずらりと侍らせて御覧になるとは、羨ましいことですよ。一人として見苦しい人はいないではありませんか。これら皆、名家のお嬢さん方なのですからね。たいしたものだ、しっかり気を配って召し使うようになさってください。それにしても皆は、この宮のお心をどのようなものと思って、こんなに大勢参上しているのかな。どれほどいやしくてけちな宮かといったら、私は宮がお生まれになった時から必死にお仕えしてきたというのに、いまだお下がりの御衣一枚だって頂戴していないのだよ。いやいや、陰口などではなくて」

などとおっしゃるのが可笑しくて女房達が笑うと、

「本当だよ。馬鹿な奴だとそんなに笑われるとは、恥ずかしいことだ」

とおっしゃっているうちに、宮中から式部丞のなにがしという者が参上しました。

帝からの御文を、大納言の伊周様が取って道隆様にお渡しすると、包みを解いて、

「興味深い御文ですね。お許しがあれば、開けて拝見いたしましょう」

とおっしゃりつつも、

「宮が心配してらっしゃるようだ。おそれ多くもありますからね」

ということで奉る御文を、お手に取ってもお広げになる様子もなくいらっしゃる中宮様のふるまいは、誰もができるご配慮ではありません。

女房が、御簾の中から茵を使者に差し出して、三、四人が几帳のところに座っています。

「あちらに行って、御使いの禄を用意いたしましょう」

と、道隆様がお立ちになってから、中宮様は御文をご覧になりました。お返事は紅梅の薄様にお書きになるのですが、同じ色のお召し物に映えている様に、「とはいえ中宮様のこの感覚を、これほどまでですばらしいとお察し申し上げる人が私の他にいるかしら」と、残念に思われるのです。

今日は格別なものを……と、使者への禄は、道隆様の方からお出しになりました。女物の装束に、紅梅の細長が添えてあります。肴などがあるので、使者をお酒に酔わせたいところですが、使者は、

「今日は大切な役を担っております。我が君様、お許しください」

と伊周様にもお願いして、座を立ちました。

姫君達はきちんとお化粧をし、我負けじと紅梅の御衣を着ていらっしゃるのですが、

三の君は御匣殿や二の君よりも大柄に見えて、「奥方」と申し上げたほうが良さそうなのです。

奥方の貴子様も、お越しになりました。御几帳を引き寄せて、我々新参の女房達にはお姿をお見せにならないので、すっきりしない気持ちがします。

供養当日の装束や扇のことなど、集まって話し合う女房達もいれば、また、互いに張り合って口を割らず、

「私は何も用意しないわ。ただ、あるものを適当に、ね」

などと言い、

「いつもあなたって……」

と、憎らしがられている人もいるのでした。

夜になると退出する女房も多いのですが、儀式の前ということで、中宮様も引き止めることはできません。

貴子様は毎日お越しになり、夜もいらっしゃいます。姫君達もいらっしゃるので、御前が寂しくならず、よい具合です。帝からの使者は、毎日参上してきました。

御前の桜は、露で色が際立つわけでもなく、日などにあたってしぼんで汚くなるだけでも悔しいのに、雨の夜が明けた早朝は、まったくみすぼらしくなってしまいました。うんと早起きをして、

「〝泣いて別れた〟*……という〝顔〟よりも、この桜は見劣りがするわ」

とつぶやいたのを中宮様がお聞きになって、

「本当に、雨が降っている様子だったわね。桜はどうしたかしら」

とお目覚めになるところに、道隆様の邸の方から侍達や下人達が多勢来て、桜の方にどんどん近寄って木を引き倒し、こっそりと持って行くのです。

「まだ暗いうちに、というお言いつけだったではないか。明るくなりすぎてしまったな。困ったことだ。早く早く」

と倒して持っていくのが、ひどく滑稽なのでした。

相手がちゃんとした人であれば、「『いはばいはなん』**と、兼澄の歌でも思い出したの？」と言いたいところですが、

「花を盗むのは誰？　だめですよ」

と言うと、男達は逃げまどいながら木を引きずっていきました。やはり道隆様のお心は、すばらしいものです。そのままになっていたら、枝にも花弁が濡れて張りつき、どんなに見るに堪えない姿になったことかと思います。私は何も言わずに、部屋に入りました。

掃部司が来て、御格子を上げてゆきます。主殿司の女官が掃除などを済ませてから、中宮様は起きていらっしゃいましたが、桜がなくなっているので、

「まあ、おどろいた。あの花はどこへ行ってしまったの？」

と、そして、

「明け方に、『花盗人がいる』という声がしたようだったけれど、とはいえ枝を少し盗ったくらいなのだと思って聞いていたわ。誰の仕業か、見ましたか？」

とおっしゃるのです。

「そういうわけではございません。まだ暗くてよく見えなかったのですが、白っぽい格好の者がおりましたので、花を折るのでは、と気になって、『花盗人』と言ったのでございます」

と申し上げました。

「それにしても、どうしたらこうもすっかり持って行ってしまえるのかしら。殿がお隠しになったのでしょうね」

とお笑いになったので、

「さあ、まさかそんなことはなさりますまい。〝春の風〟[***]の仕業でございましょう」

＊「桜花露に濡れたる顔見れば泣きて別れし人ぞ恋しき」（拾遺集、六別）を引く。
＊＊「山守はいはばいはなん高砂の尾の上の桜折りてかざさむ」（後撰集、二春中　素性）のことか。「兼澄」は源兼澄とも。
＊＊＊「山田さへ今は作るを散る花のかごとは風におほせざらなむ」（貫之集）等より。

と申し上げると、

「そう言おうと思って、誰が持っていったかを隠したのね。盗んだのではなく、雨で古びたのでしょう」

とおっしゃるのも、いつもと同じ言い方になってしまいますが、実に素晴らしいことなのでした。

道隆様がいらっしゃったので、寝乱れた朝の顔をお目にかけては時節外れと思われるだろうと、私は引っ込みました。おいでになるとすぐ、

「あの桜がなくなっているね。どうしてこうもやすやすと盗ませたのです。本当にだらしのない女房達だ。寝坊をして、知らなかったのかな」

と驚いていらっしゃるので、

「けれど、『われより先に』*……なのだと思っておりました」

とこっそり言うと、道隆様はすぐさま聞きつけて、

「そうだろうと思ったよ。まさか他の女房が出てきて花盗人を見たりはすまい。宰相(さいしょう)の君と、そなたぐらいのものだろうと予想していたのだ」

と、大笑いなさいました。

「それなのに、少納言は春風のせいにしましたよ」

と中宮様が微笑(ほほえ)まれる様子は、とても素敵なのです。

「春風に無実の罪を負わせたのだな。『もう山の田を作る』季節だろうに」

などと、「山田さへ……」と吟じられる様子は、何とも優美で素敵です。

「それにしても、見つけられてしまってくやしいものだ。あんなに気をつけるよう言っておいたのに。こちらの方には、こういう見張り役がいるのだからなあ」

と道隆様はおっしゃり、そして、

「〝春の風〟とは、すらすらとうまいことを言ったものだな」

などと、その歌をまた吟じられるのです。中宮様は、

「普通の言葉にしては、意味ありげに気負っていましたよ。今朝の桜は、どんな様子でしたでしょうね」

と、お笑いになります。小若君（こわかぎみ）は、

「けれど、清少納言は雨に濡れそぼった桜にいち早く目をとめて、『露に濡れたる』と詠まれた古歌に対して、桜の〝顔〟をつぶしてしまった、と言っていました」

と申し上げると、中宮様がひどく悔しがられるのも、面白いのです。

そして二月八日、九日頃に私が宿下がりする時、中宮様は、

「もう少し供養の日が近づいてからにしたら？」

＊「桜見に有明の月に出でたれば我よりさきに露ぞおきける」（忠見集）

とおっしゃるのですが、出てきてしまいました。

普段よりのどかに、日がさんさんと照っているお昼頃、

「花の心は、まだ開きませんか？　さてさて」

と、白楽天の詩を引いて中宮様からの仰せがあったので、

「秋はまだ先のことですが、一晩に九度も魂は空を翔け、中宮様のおそばに昇っている心地がしております」

と、同じ詩を引いて、御返事申し上げたのでした。

時は戻って、中宮様が二条の宮へ移られるために内裏をご出立された夜、順番などあったものでなく、女房達がわれ先にと大騒ぎで車に乗り込もうとするのが不愉快だったので、似た者同士で、

「やっぱり、この車に乗る時の大騒ぎときたら、『祭の還さ』などの時みたいに倒れてしまいそうなあわて方が、とんでもなくみっともないわね」

「まあとにかく、乗る車が無くて参上できなかったなら、自然と中宮様のお耳にも入って、車をよこして下さるでしょう」

などと話し合いながら立っている前を、他の女房達は大あわてでおしくらまんじゅうのように出てきて、車に乗ってしまいました。中宮職の役人が、

「これで全部ですか」

と言う声に対して、誰かが、

「まだ、ここに」

と言うようなので、役人が来て、

「誰々がいらっしゃるのですか？」

と聞いてきます。そして、

「これはまた妙なことです。もう皆さんお乗りになったとばかり思っていましたのに。どうして乗り遅れたのですか？　今は得選＊＊を乗せようとしていましたよ。変なことをするなぁ」

などと驚いて車を寄せるので、

「それなら、先にあなたが乗せようと思っていた人をお乗せなさいな。私達は、次で結構」

と言えば、それを聞いて、

「とんでもなく底意地が悪くていらっしゃったんですな」

＊「九月西風興ル、月冷カニシテ露華凝ル、君ヲ想ヒテ秋夜長シ、一夜魂九タビ升ル、二月東風来タリ、草拆ケテ花ノ心開ク、君ヲ思ヒテ春日遅シ、一日腸九タビ廻ル」（白氏文集　長相思）より。
＊＊御厨子所の采女から三人選ばれる。下級女官なので、清少納言達より後から乗るべき立場。

と言うので、私達も乗ってしまいました。次に続くのは、言った通り得選の車で、行列も最後の方なので松明の火もすっかり暗くなっているのを笑いながら、二条の宮に到着しました。

中宮様がお乗りの御輿はとっくに到着していて、きちんと整った部屋に座っていらっしゃいます。

「清少納言をここに呼んでちょうだい」

と中宮様がおっしゃったので、「どこかしら、どこかしら」と、右京や小左近といった若い女房達が待ち構え、人が参上する度に見ても、いません。女房達は、車から降りた順に四人ずつ御前に参上し、集まって控えていたのであり、

「おかしいわ。いないのね？　どうしたのかしら」

とおっしゃっているのも私達は知らず、女房達がすっかり車から降り終わってから、やっと見つかったのです。

「中宮様があれほどにおっしゃっているのに、遅くなるなんて」

と、引き連れられて御前に参上するので辺りを見れば、中宮様はいつの間にこんな長年のお住まいのように落ち着いていらっしゃるのかしらと、感服しました。

「どうしてまた、消えてしまったのかと探すくらいまで姿を見せなかったのですか？」

と中宮様がおっしゃるのですが、私は何も申し上げないので、一緒に乗った女房が、

「それは、やむを得なかったのでございます。最後の車に乗った者が、どうして早く参上いたしましょうか。これでも得選達が気の毒がって、車を譲ってくれたのです。暗かったのが、心細かったことでした」

と、困り果てて申し上げると、

「係の役人が、まったくお話になりませんね。それにしてもどうしてまた……。新参で勝手がわからない清少納言は遠慮もしようけれど、一緒に乗っていた右衛門（えもん）などはちゃんと言えばいいのです」

と、中宮様はおっしゃるのです。

「けれど、まさか先を争って走るわけにも参りませんし」

と右衛門が言うのを、近くにいる女房は、憎たらしいと思って聞くことでしょう。

中宮様は、

「見苦しく争って先の車に乗っても、偉いわけではありませんよ。決められたようにして、品を保つのがよいのではないですか」

と、ご不満そうに思っていらっしゃいました。私は、

「降りるまでが、待ちぼうけでつらいからなのでしょう」

と、とりなすように申し上げたのです。

一切経供養のため、中宮様一行は明日、積善寺へおいでになるということで、私はその前夜に参上しました。南の院の北面に顔を出したところ、女房達は高坏に火を灯し、二人、三人、三、四人と気の合う者同士集まって、屏風を間仕切りにしているところもあります。几帳などで仕切っているところもありました。またそうでなくても、集まって座って、衣を何枚も縫い重ねたり、裳の飾りを縫い付けたり、化粧をしたりするのは言うまでもなく、髪などといったら、明日が終わったらなくなってしまいそうなほどに梳けずっているのです。

「寅の時*にご出立だそうですよ。どうして今まで参上しなかったの？　使いの者に扇を持たせて、あなたをお探しになっている人がいましたよ」

と、ある女房が教えてくれました。

そんなわけで、「本当に寅の時？」と思って身支度を終えていたのですが、すっかり夜が明けて日も出てきてしまいました。西の対の唐廂に車を寄せて乗るということなので、女房達は全て渡殿へ行くのですが、私のようなまだ慣れない新参者は遠慮がちになります。西の対には道隆様がお住まいなので、中宮様もそこにいらっしゃいました。まずは女房達を車に乗せるところをご覧になるということで、御簾の中で、中宮**様、淑景舎の君、三の君、四の君、貴子様、その妹君のお三方が、立ち並んでいらっしゃいました。

車の左右には、大納言の伊周様と三位中将の隆家(たかいえ)様***が、お二人で簾(すだれ)を上げ、下簾(したすだれ)を引き上げて、私達をお乗せになるのです。せめて皆と一緒なら、少しは隠れる所もあるでしょうが、四人ずつ、書いた順に従って「誰々」「誰々」と呼び上げてお乗せになるので、前に出ていく心地といったら本当にみじめで、まるはだかになった気分と言うのでも足りないくらいなのでした。

御簾の内側のたくさんの目の中でも、中宮様の目に「見苦しい」と映るほど、改めてつらいことはありません。汗がふき出てくるので、きれいに整えた髪などもすべて、逆立ちはしないかと思えます。かろうじて御簾の前を過ぎれば、次は車の横でお二方が、こちらが恥ずかしくなるほどの美しいお姿で微笑んでご覧になっているのも、現実とは思えません。とはいえ倒れもせずに車まで行き着いた自分が、立派なのだかあつかましいのか、よくわからないのでした。

全員乗り終わったので、車を引き出し、二条大路で轅(ながえ)を榻(しじ)に掛けて、見物の車のようにして並べた様が、とても見事です。周りの人にもそう見えるかと思うと、心が弾むもの。四位、五位、六位など、たいそう多くの人々が門を出入りし、車のところに

＊　午前四時頃。
＊＊　中宮定子はこの時、十八歳。淑景舎の君、三の君、四の君はその妹達。
＊＊＊　この時、伊周二十一歳、その弟・隆家十六歳。

来て、車を整えたり中に話しかけたりする中で、明順*の朝臣の心境といったら、空を仰いで胸をそらすといった様子なのでした。

まず女院のお迎えに、道隆様をはじめとして、殿上人や地下など皆、参上しました。女院がお渡りになってから、中宮様がご出立なさる予定ということだったので、なんと待ち遠しい……と思っていると、日が昇ってから女院はお越しになりました。女院の御車を入れて十五台、そのうち四台は尼の車です。女院がお乗りの先頭の車は、唐車。それに尼の車が続くのですが、車の後ろの簾からは、水晶の数珠、薄墨色の裳、袈裟、衣などがたいそう素晴らしくこぼれ出て、簾は上げていません。下簾も、薄紫で裾が少し濃くなっています。次に、女房の車が十台。桜襲の唐衣、薄紫の裳、濃紅色の衣、丁子染、薄紫の表着が、こよなく優美で華やかです。

日の光はとてもうららかだけれど、空は青く一面の霞がかかっているところに、女房の装束と映え合って、派手な織物や色とりどりの唐衣などより、ずっと優美で素晴らしいことといったらありませんでした。

道隆様と、その後に続く殿方達が皆、女院のお世話をし、お供についてこちらに行列をお通しする様は、この上なく素晴らしいのです。私達はこの行列をまず拝見して、大騒ぎで絶賛していました。こちら側の車が二十台も立て並んでいる様も、あちらからは「見事」と見えることでしょう。

早く中宮様がお出ましになるとよいのに、とお待ちしていると、ずいぶん時間が経ってしまいました。どうしたのかしらとじれったく思っていると、やっとのことで采女八人を馬に乗せて、門から引いて出てきます。青裾濃の裳、裙帯、領巾などが風になびいているのが、とても素敵です。豊前という采女は、典薬の頭の丹波重雅の想い人なのですが、葡萄染の織物の指貫を着ているので、

「重雅は、禁色**を許されたのだね」

などと、山の井の大納言***様はお笑いになるのでした。

皆が次々と馬で続くと、今まさに中宮様の御輿が出発となりました。先ほど「素晴らしい」と拝見していた女院の行列のご様子とは、また比べられない壮麗さです。朝日が華々しく昇れば、御輿の屋根につく水葱の花の飾りがくっきりと鮮やかに輝いて、御輿の帷子の色艶の美しささえ、格別です。御綱を張って、中宮様の御輿が門からお出ましになりました。帷子がゆらりと揺れた時は、本当に「頭の毛が逆立つ」などと人が言うのも決して嘘ではない、と思われるほど。そんなことがあった日には、

＊ 貴子の兄。第九九段で、ほととぎすを聞きに行った清少納言達を、郊外の家に迎えた人。

＊＊ 紫は、三位以上でないと着用が許されない禁色。女が、紫に近い葡萄染を着ていたことからの発言。

＊＊＊ 伊周達の異母兄、道頼。一〇四段初出。

髪筋の悪い人も、そのせいにすることでしょう。驚くほどに厳かで、やはりどうしてこのようなお方に親しくお仕えしているのかしらと、自分まで立派になったような気がしてきました。御輿が通過する間、榻(しじ)から下ろして敬意を示していた車の轅(ながえ)を、また牛達に急いでかけて、御輿の後に続いてゆく時の素晴らしい気分や面白さといったら、言いようがないのです。

積善寺にお着きになると、大門(だいもん)のところで高麗(こま)や唐の音楽が奏でられて獅子や狛犬が舞い踊り、乱声(らんじょう)の音、鼓の音に、何も考えることができません。これは生きながらにして仏の国などに来たのではないかと、楽の音と一緒に天に昇っていきそうに思えるのです。

門の中に入ると、色とりどりの錦(にしき)の幕を張った仮屋に、青々とした御簾を掛けわたし、幔幕(まんまく)などを引きわたしてある様子は、何もかも、まったくこの世の事とは思えません。御桟敷(さじき)に車を寄せると、また伊周様と隆家様がお立ちになって、

「早く降りなさい」

とおっしゃいます。車に乗った所でもそうだったのに、もっと明るくなってまる見えで、かもじを入れて整えた私の髪も、唐衣の中でぼさぼさになり、みすぼらしく見えることでしょう。髪の黒さ、赤さまで見分けがつくほどになってしまったのがやりきれないので、すぐには降りられません。

「後ろの方から、お先にどうぞ」

などと言う時、後ろの人も同じ気持ちなのでしょうか、伊周様達に、

「どうぞおさがりになってくださいませ。もったいのうございます」

などと言うのでした。

「恥ずかしがっていらっしゃるのだね」

と伊周様がお笑いになって、私達がやっとのことで降りると、お二人はこちらにいらっしゃり、

「『むねかた*などに見せず、そっと降ろしてやるように』と中宮様がおっしゃったので来たのに、わかってないなぁ」

と私を降ろし、中宮様のところにひき連れて参上されます。中宮様がそのようにおっしゃったのかと思うと、何とももったいないことなのでした。

御前に参上すると、先に車から降りた女房が、見物しやすそうな端のところに、八人ばかり座っていました。中宮様は、一尺余か二尺ほどの段差の下長押（しもなげし）の上にいらっしゃいます。

「私が隠して、連れてまいりましたよ」

*「むねかた」伝未詳。

と伊周様がおっしゃると、中宮様は、

「どれ」

と、御几帳のこちら側にお出ましになりました。まだ御裳、唐衣をお召しになったままでいらっしゃるのが、素晴らしいのです。紅の打衣が、並のものであろうはずがありません。中には、唐綾の柳の御袿、葡萄染の五重がさねの織物に、赤色の御唐衣、地摺の唐の薄物に象眼を重ねてある御裳などお召しになって、そうした色合いなどは、並の人とは似ても似つくものではないのです。

中宮様は、

「私、どう見えるかしら？」

とおっしゃいます。

「たいそう素晴らしく拝見いたしました」

などと、口から出るのはありきたりの言葉になってしまうのですけれど。

「長いこと待ったのでしょう。道長様が、女院のお供の時に着て皆に見られたものと同じ下襲でいたら、みっともないと人に思われるだろうと、他の下襲を縫わせていたということで、遅くなったのですよ。ずいぶんこだわるのね」

と、お笑いになるのです。そのご様子はたいそう明るく、このような晴れの場では普段よりさらに際立って、ご立派でいらっしゃいます。額髪を上げる御釵子のため、分け目の御髪（みぐし）が少々片寄り、はっきりお見えになるところまで、申し上げようもなく素晴らしいのでした。

三尺の御几帳一双を交互に立て、こちら側との隔てとして、その後ろに、畳一枚を横長に、その縁を端にして長押の上に敷きました。中納言の君というのは、道隆様の叔父（おじ）である右兵衛（うひょうえ）の督忠君（かみただきみ）と申し上げた方の御娘で、宰相の君は、富小路（とみのこうじ）の右大臣の御孫でいらっしゃるのですが、そのお二人が長押の上にお座りになっています。中宮様は辺りを見回し、

「宰相はあちらへ行って、女房達が座っているところで見なさい」

とおっしゃると、宰相の君は心得て、

「こちらでも、三人でよく見えますよ」

と申し上げると、

「では、お入りなさい」

と中宮様が私を召し入れるのを、下に座っている女房達は、

「昇殿を許された内舎人（うどねり）といったところね」

と笑うのです。

「これは、笑わせるおつもりでしたか」

と私が言うと、

「馬の付き添い程度だわ」

などと言うのですが、そこに上がって見物するのは、とても晴れがましいのです。こんなことを自分で言うのは自慢話のようで、また中宮様の御ためにも軽々しく聞こえ、「この程度の者をそんなにご寵愛(ちょうあい)されたとは」などと、おのずと見識があって世の中の批判をしたりする人は気に食わないかもしれません。けれど、畏れ多くも中宮様のことに関しては、もったいなく思うものの事実なので、仕方がないのです。本当に、身の程に過ぎたこともあったに違いありませんが。

女院の御桟敷や、高貴な方々の御桟敷を見渡せば、どちらも素晴らしいご様子です。道隆様は、中宮様の御前から女院の御桟敷に参上され、しばらくしてから、こちらにいらっしゃいました。伊周様と道頼様の大納言お二方と三位の中将の隆家様は、近衛の陣に詰めていらしたままの装束に弓矢を背負い、たいそうしっくりと素敵なお姿でいらっしゃいます。殿上人や四位、五位の人々をお供として大勢連れ、並んで座っているのです。

道隆様が桟敷にお入りになって拝見なさると、中宮様達は、御匣殿(みくしげどの)にいたるまで全ての方が、御裳、御唐衣をお召しになっています。道隆様の北の方(かた)は、裳の上に小袿を着ていらっしゃいました。

「絵に描いたような素晴らしいご様子ですね。もうお一人は、今日は人並みの姿だ*

な」

と、道隆様はおっしゃいます。さらには、

「三位の君、＊＊中宮様の御裳をお脱がせなさい。中宮様こそ、この場のご主君なのです。御桟敷の前に近衛の陣屋を設けていらっしゃるのは、並のことではないのですよ」

と、お泣きになるのです。感動の涙ももっともなこと、と皆が涙ぐみそうになっているところに、私が赤色の唐衣に桜襲の五重の袿を着ているのをご覧になって、

「僧衣＊＊＊が一枚足りなかったので、にわかに大騒ぎになったのだが、これをお借りすればよかったのだな。それでなければ、そなたがそういう衣をとって、自分のものにしてしまったのかな」

とおっしゃいました。少し後ろに下がっていらした伊周様はお聞きになって、

「きっと清僧都（せいそうず）のものなのでしょうね」

とおっしゃったのであり、一つとして素晴らしくないお言葉はありません。

伊周様の弟君である隆円僧都（りゅうえんそうず）様が、赤色の薄物の御衣（ころも）、紫の御袈裟、ごく薄い紫色

＊この場で最も身分が高いのは、中宮定子。母親とはいえ、身分が上の人の前では、女性の正装である裳・唐衣をつけるべきだが、貴子は正装を身につけていないことを指摘する。

＊＊中宮は正装をしていたため、裳を外させるように三位の君（貴子）に言う。

＊＊＊僧の正装は、赤色の袍・裳。

のお召し物数枚、指貫などをお召しになって、頭の格好も青々と可愛らしく地蔵菩薩のようで、女房達に混じって歩くお姿も面白いものでした。

「僧官の中できちんとしていらっしゃらないとは、見苦しい。女房に混じって」

と、笑うのです。

伊周様の御桟敷から、ご子息の松君様を中宮様のところにお連れ申し上げました。葡萄染の織物の直衣、濃い紅の綾の打衣、紅梅の織物などお召しになっています。お供には、例のごとく四位、五位達が大勢ついていました。中宮様の御桟敷で、女房達の中に抱いてお連れすると、何でご機嫌を悪くされたのか、大声で泣かれるのさえ、実に華やかな印象なのです。

法会が始まって、赤い蓮の造花のひと花ごとに一切経を入れて、僧、俗、上達部、殿上人、地下、六位、その他に至るまで捧げ持って行列を作って続くのは、この上なく尊い様子でした。導師が参上し、講が始まって、舞楽などを一日中見ていると、目も重くなってつらかったものです。

帝からの御使いとして、五位の蔵人が参上しました。御桟敷の前に腰掛を立てて座っているところなど、まったくもって立派です。

日が暮れてすぐ、式部丞の則理が参上しました。

「帝より、『このまま夜には参内なさるだろうから、そのお供をするように』と、仰せつかりまして」

ということで、帰参しません。中宮様は、

「まず、二条の宮に帰ってから」

とおっしゃいますが、さらに蔵人の弁が参上して、道隆様にもその旨のご伝言があったので、帝の仰せということで、中宮様は参内なさることになりました。

女院の御桟敷から、

「ちかの塩釜*」

といった便りが届き、やりとりされます。立派な贈り物などを持って使いの者が行き交うのも、素敵な光景なのです。

法会が終わってから、女院はお帰りになりました。院司（いんじ）や上達部などは、お帰りには半分だけがお供をしたようです。

中宮様が参内されたのも知らず、女房の従者達は、二条の宮にいらっしゃるものと思ってそちらに皆が行ってしまったので、いくら待っても姿が見えないでいるうちに、すっかり夜も更けてしまいました。

宮中では、中宮様にお供した私達が、宿直（とのい）用の夜着を早く持ってきてくれればいい

＊「みちのくの千賀の塩釜近ながらからきは人にあはぬなりけり」（続後撰集、恋二）を引く。近くにいながら会えないことを嘆く。

のにと待っているのですが、そんな気配はさっぱりありません。派手で身に馴染まない装束を着て、寒い中でぶつぶつ文句を言っていましたが、どうしようもないのです。

翌朝早くにやってきたので、

「どうしてこうも気がきかないの？」

などと言ったのですが、従者達の弁解も、もっともなことなのでしょう。

翌日は雨が降り、

「これで私の運の強さがわかりますね。どうご覧になりますか」

と道隆様が中宮様におっしゃるそのご自慢ぶりも、無理からぬことなのです。

けれど、その時に素晴らしいと拝見していたことも、今の世のありさまと比べると、とても同じ方のお身の上とは思えず気持ちが滅入り、この他にたくさんあったことについては、書かず仕舞いとなりました。

二七九

尊い言葉。

九条の錫杖。念仏の後に唱える回向文。

二八〇

歌は風俗歌。中でも「杉立てる門」。
神楽歌も、面白い。
今様歌は、長くて節の抑揚がいい感じ。

二八一

指貫は濃い紫色。萌黄色。夏なら、二藍。猛暑の頃、夏虫の色をしたものも涼しげです。

二八二

狩衣は　薄い丁子染。白い袱紗。赤色。松の葉色。青葉。桜襲。柳襲。また、青い藤。

男の人は、どんな色の衣でも着ていればよいのです。

二八三

単衣は　白いものが素敵。正装の日の装束の、紅の単衣の袙など、ちょっと着ているのは悪くありません。けれどやはり、白いものがよいのです。黄ばんだ単衣など着ている人は、ひどく不快な感じがします。練色の単衣を着ることもあるけれど、やはり単衣は白くあってこそ。

二八四

下襲は　冬なら躑躅、桜、掻練襲、蘇枋襲。
夏は、二藍、白襲。

二八五

扇の骨は　朴の木。色は、赤、紫、緑。

二八六

檜扇は　無地。唐絵が描いてあるもの。

二八七

神社は　松尾。石清水八幡宮は、祭神がこの国の帝でいらっしゃったというのが、素晴らしいのです。八幡への行幸などに、帝が水葱の花のついた御輿にお乗りになるのが、たいそう見事なもの。

大原野。春日はとても立派です。

平野では、空き家があったので「何をする所か」とたずねると、

「行幸の折の御輿をお納めします」

ということだったのが、実に立派でした。斎垣に蔦などがたくさん絡まり、紅葉が色とりどりだったのも、「ちはやぶる神の斎垣にはふ葛も秋にはあへずうつろひにけり」という紀貫之の歌が思い出されて、しみじみと長い間、車を停めたままにしていたのでした。

みこもりの神は、また素敵。賀茂は、言うまでもありません。伏見稲荷も。

二八八

崎は　唐崎。三保が崎。

二八九

家屋は　あばら屋。あずま屋。

二九〇

時を奏するのは、とても面白いものです。ひどく寒い夜中頃など、ごとごとと音をたてて沓(くつ)を擦(す)って歩いてきて、弓弦(ゆづる)をうち鳴らしてから、

「何の某(なにがし)、時、丑三(うしみ)つ、子(ね)四つ」

と遠くの方で言って、清涼殿にある〝時の簡(ふだ)〟に〝時の杭(くい)〟という木釘をさす音など、興味津々です。

「子九つ、丑八つ」

などと、宮中に縁のない人は言うようです。どんな時でも、第四刻にだけ、杭をさすようなのでした。

二九一

お日様がうららかに照る昼頃、またとっぷりと夜が更けて子の時くらいにはなったであろう頃。もうお休みになられたかと思っている時分に、帝が、

「蔵人はいるか」

とお召しになるのは、とても素晴らしいのです。夜中頃、御笛の音が聞こえてくるのもまた、とても素敵なもの。

二九二

中将の源成信様は、入道兵部卿の宮・致平親王の御子ですが、たいそう美しいお姿で、ご気性も優雅でいらっしゃいます。

伊予の守の兼資様の娘を忘れることができなかった成信様は、親が娘を伊予へと連れていった時、どれほどせつなかったか、と思われたことでした。早朝に出立するというので、前夜にお訪ねになって、有明の月を見ながらお帰りになったというその直衣姿といったら、きっと……。

成信様は、いつも私のところにやってきてはおしゃべりをして、他人についても、悪いことは「悪い」と、おっしゃっていたものでした。

物忌（ものいみ）などを神妙に行い、「つのかめなどにたててくふ物まつかいかけ」*などするものの名を苗字に持つ女房がいて、他人の養女となって「平（たいら）」と名乗るようになったのですが、若い女房達はその元の苗字を、話の種にして笑うのです。容姿が格別なわけでなし、気が利くというのにも程遠いのですが、それでもいっぱしに社交をしようという気持ちでいるのを見て、

「あのような者が御前にいるのも見苦しい」

と成信様はおっしゃるけれど、意地が悪いのか、それを本人に告げる人はいないのでした。

一条院にお造りになった一間の場所に、私は気に入らない人を決して立ち寄らせません。東の御門（みかど）と向かい合うとてもしゃれた小廂（こびさし）に、私は式部のおもとと一緒に夜も昼もいるので、帝（みかど）もちょくちょく様子を見にいらっしゃるのです。

ある晩、「今夜は奥で寝ましょう」ということで、南の廂の間で二人して寝た後のこと。しきりに呼ぶ人がいたのですが、「面倒ね」と言い合って寝たふりをしている

* カッコ内不詳。一説に「箸（はし）」のことを指し、すなわち「土師氏（はじ）」を言うとされる。

と、それでもひどくやかましく呼び続けます。

「二人を起こしなさい。どうせ寝たふりでしょう」

と中宮様がおっしゃったようなので、「平」姓の例の兵部が来て、起こそうとしました。しかしぐっすり眠っている様子なので、

「全くお起きにならないようです」

と成信様に言いに行くと、そのままそこで座って話をしているようなのです。少しの間かと思っているうちに、夜も深くなってきました。

「きっと成信様なのね。この人達はいったい、何をそんなに座り込んで話しているのかしら」

と、私達は密かに笑い転げているのですが、当の二人が気がつくはずはありません。暁まで語り明かしてから、成信様はお帰りになりました。

私達は、

「成信様って、ひどく忌々しいのね。もう絶対、近くにいらっしゃっても口をきかないわ。何をあれほど朝まで話すというのかしら」

などと言って笑っていると、遣戸を開けてその兵部が入ってきたのです。

翌早朝、いつもの小廂で女房達のおしゃべりを聞いていると、

「ひどい雨降りなのに訪れてきた人には、胸を打たれるわね。日頃は待ちぼうけで悩

まされていても、そんな風にびしょ濡れで来たら、つらさも全部忘れてしまうでしょう」

という話が出たのですが、いったいどんなつもりなのやら。

……と言うより、昨夜も、その前の夜も近頃ずっと頻繁に訪ねて来ていた殿方が、今夜のひどい雨にも負けずに来たなら、やはり「一晩も離れていたくない」と思っているのね、と心に沁みることでしょう。そうではなく、日頃から夜離れが続いて心配しながら過ごさなくてはならないような相手が、そのようなどしゃぶりの日にだけ来たとしても、絶対に誠意があることにはしまい、と私なら思います。

考え方は人それぞれ、ということなのでしょうか。見識豊かで分別深く、思いやりもありそうな女性と深い仲になったけれど、他にも通う所が方々にあり、また前からの本妻などもいるので頻繁には訪れないのに、「やはりあのようにひどい雨の日にやって来た」などと人に語らせ、褒められようと思う男がすることなのかもしれません。

それにしても、全く愛着が無い女のところには、確かにどうして無理をしてまで顔を出そうと思いましょう。けれど雨が降る時は、ただただうっとうしく、今朝まで晴れ晴れとしていた空とも思えず癪にさわり、立派な細殿でさえ、素晴らしい所だとは思えない私。ましてやそれほどでもない邸などでは、早く降り止んでほしいとしか思えないのです。

他に面白いことも感動することも無いのですが、それでも月の明るい時には、過ぎ去った昔からこの先のことまでが全て思い浮かんで、魂も浮き立つようで、素晴らしく感慨深いことといったら、他にたとえようもありません。そんな時に人が訪ねてきたならば、十日、二十日、一ヶ月か一年か、はたまた七、八年経(た)ってから思い出した時、実に面白いことでしょう。ですから、忍び逢(あ)いには具合の悪い場所でも、人目をはばからなければならない事情があっても、立ったままでも何か話をしてから帰したり、また泊まることができそうならば、引き止めたりもするに違いありません。

明るい月を見る時くらい、物事が遥(はる)かに思いやられて、過去の嫌だったことも嬉(うれ)しかったこともおかしかったことも、たった今のように感じられる時があるでしょうか。こま野の物語は、さほど面白い点もなく、言葉は古臭くて見所は多くないけれど、月に昔を思い出し、虫の食った蝙蝠扇(かわほりおうぎ)を取り出して「もとみし駒に」*と言って男が女を訪ねてきたことは、じんと来るのです。

風情(ふぜい)の無いものだとずっと思っていたせいか、少しのあいだ降るのでも、雨は気に食いません。宮中での高貴な儀式も、楽しいはずの事も、尊く素晴らしいであろう法会(ほうえ)も、雨が降っただけでつまらなくなって口惜(くや)しいもの。だというのにどうしてその、びしょ濡れでぶつぶつ言いながら訪ねてくる男が素晴らしいものでしょうか。

落窪(おちくぼ)物語で、交野(かたの)の少将を非難した落窪の少将などは、よいのです。それは、前夜も一昨夜も逢いに来ていたからこその面白さ。落窪の少将が雨の夜に女を訪れて足を洗ったのは、感心しません。さぞ汚かったことでしょうに。

風などが吹いて、荒模様の天気の夜に訪ねて来るのは、頼もしくて嬉しいでしょうけれど。

何といっても雪の夜こそ、訪ねてくるにはよい時です。「忘れめや」**などと独りごちながら人目を忍んで訪れるのはもちろん、そうでない場所へも、直衣（のうし）などは言うまでもなく、袍（ほう）や蔵人（くろうど）の青色などがひどく冷たく濡れてしまった佇（たたず）まいは、実に素敵ではないかしら。たとえ六位の緑衫（ろうそう）であっても、雪に濡れてさえいれば、憎らしくなくなるでしょう。昔の蔵人は、夜など女のところにもいつも青色を着て行き、雨に濡れても絞ったりしていたとかいうことです。それなのに、今では昼間にさえ着ないらしく、ただ緑衫ばかりをひっかけているというではありませんか。衛府（えふ）の役人などが青色の袍を着ているのは、なかでも特に洒落（しゃれ）ていたのに。……と言うのを聞いて、雨の時は出歩かない人も、出てくるかもしれませんね。

＊「夕やみは道も見えねど故里はもとこし駒にまかせてぞくる」（後撰集、十三恋五　読人しらず）を引くか。

＊＊「紅の初花染の色深く思ひし心われ忘れめや」（古今集、十四恋四　読人しらず）等、「忘れめや」と詠む古歌は多い。

月がとても明るい夜、同じくとても紅い紙にただ「あらずとも」*と書いてあるものを、廂に差し込む月の光に当てて見ていた人の姿といったら、何とも美しいものでした。雨の晩には、そんな風にはなりますまいに。

二九三

いつもは後朝の文を寄越す人が、

「なんだっていうのだ。話したってしょうがない、これきりだな」

と言って、帰ってしまいました。次の日も音沙汰が無いので、それでもやはりいつもは夜が明ければ届いていた文が無いのはどうにも寂しいものよ、と思って、

「きっぱり思い切ったものね」

と言っているうちに、その日は暮れてしまいました。

翌日は、ひどく雨が降っています。昼まで何も言ってこないので、

「すっかり見限られたのね……」

などと言って端近に座っていると、夕暮れ時に傘をさした使者が持ってきた文をいつもより急いで開けてみれば、ただ、

「水増す雨の」**

とだけ書いてあったのは、いくつもくどくど詠んだ歌よりも、素敵なのでした。

二九四

朝はそれほどとも見えなかった空が、真っ暗にかき曇って雪が降り続き、とても心細く外を眺めている間にも白く積もって、それでも激しく降り続いている時。随身(ずいじん)めいたほっそりした男が、傘をさして脇の方の塀の戸から入ってきて文(ふみ)をさし入れてきたのは、素敵でした。真っ白の陸奥紙(みちのくにがみ)や白い色紙で結び文にしてある上に引いた封の墨が、すぐに凍りついたらしくて末の方がかすれているのを開ければ、とても細く巻いて結んだその折れ目が細かくでこぼこしているところに、墨が黒くなったり薄くなったり、末にゆくほど行間を狭く、裏表に書き散らしてあるのを、繰り返しじっくりと見ている人を、「何が書いてあるのかしら」と端から眺めているのも、面白いので

＊「月のあかかりける夜女のもとに遺しける　恋しさは同じ心にあらずとも今宵の月を君見ざらめや」（拾遺集、十三恋三　源信明(さねあきら)）
＊＊引歌不詳。

す。まして、その人が読みながら微笑んだりする部分はとても知りたくなるのだけれど、離れたところに座っている者には、黒々とした文字などぐらいが、その辺りなのかと思われるだけなのでした。

額髪が長く顔立ちの美しい女性が、暗い時分に文を受け取って、灯をともすのももどかしいのでしょう、火鉢の火を挟んで持ち上げ、やっと文字を読んでいる姿は、素敵。

二九五

荘厳なもの。

帝の御先払い役を務める、近衛大将。孔雀経の御読経、御修法。五大尊の御修法も。御斎会。白馬の節会の日に、大路を練り歩く蔵人の式部丞。その日、靫負の佐が、禁制を破って摺衣を着ている人の衣を破ってしまうのも。尊勝王の御修法。季の御読経。熾盛光の御読経。

二九六

雷が鳴りひびく時、雷鳴の陣*というのは、ひどく恐ろしいのです。左右の大将、中将、少将などが御格子のところに控えていらっしゃるのが、実にお気の毒。雷が鳴り終わった時、御殿に昇って警護している近衛の官人達に、大将が「おりよ」と、お命じになるのです。

二九七

唐の地誌である坤元録の御屏風は、とても興味深いものです。前漢の史書である漢書の屏風は、「歴史上の事件が思い浮かぶようだ」と言われています。年中行事の絵が描かれた屏風も、素敵なのです。

* 雷が激しい時、清涼殿と紫宸殿の間に警固の陣を臨時に設けた。

二九八

節分の方違えなどして夜遅く帰る時、寒くてどうしようもなく、顎などもすっかり落ちてしまいそうなのをやっとのことで戻ってきて火鉢を引き寄せたところ、黒ずんだ所も全くなく赤々と大きく燃えている炭火を、細かな灰の中から掘り出した時というのは、とても幸せな気分です。

また、おしゃべりをしていて火が消えそうなことに気づかずにいたら、他の人が来て炭を入れて火を熾こしたりすると、しゃくにさわるもの。とはいえ、炭を周りに置いて、中の火を囲うようにするのは、よいでしょう。すっかり火を一方にかき寄せて、あらためて炭を重ねた上に火を置くのは、どうにも気に食わないのです。

二九九

雪がたいそう深く積もった日、いつもとは違って御格子をお下ろししたまま火鉢に火を熾こし、女房達は集まっておしゃべりなどしながら控えていると、

「清少納言よ、香炉峰*の雪は、どんな風でしょうね」

と中宮様がおっしゃったので、御格子を上げさせて御簾(みす)を高く巻き上げたところ、中宮様はお笑いになりました。皆も、

「その詩句は知っているし、歌ったりもするけれど、このような答え方は思いもよらなかったわ。やはり中宮様にお仕えする人として、ふさわしいのでしょうね」

と、言ったのです。

三〇〇

陰陽師(おんようじ)のところにいる小さい子ときたら、大変な物知りなのです。祓(はら)えなどのために出かけると、祭文(さいもん)などを読むのですが、他の人はただ聞いているだけなのに、その子はさっと走って、陰陽師が「酒と水を注ぎかけなさい」と言わないうちからそうしている様子は万事を心得ているようで、主人に全く口を開かせないのが、本当に羨ましいこと。あのような者がいたら私も召し使いたいのに、とまで思われるのでした。

＊白氏文集に、中国の山・香炉峰についての詩があり、「香炉峰ノ雪ハ簾ヲ撥(かか)ゲテ看ル」の一節が。

三〇一

三月頃、物忌（ものいみ）にということで、仮の宿として人の家に行ったところ、さほど見所のない庭木などの中に、柳なのだけれど、普通の柳のように優艶でなく、葉は幅広に見えてふてぶてしい感じの木がありました。私は、

「違う木でしょう」

と言ったのですが、

「こんな柳もある」

などと言うので、

さかしらに柳の眉のひろごりて春の面（おもて）を伏する宿かな

（自慢げに柳の眉は広がって春の面目つぶす宿かな）

と、眺めていたことでした。

その頃、また同じ物忌をしによその家に行ったところ、二日目の昼頃にどうしようもなく退屈になって、すぐにでも帰参したい気持ちが募ったまさにその時、中宮様からお言葉を賜ったので、何とも嬉（うれ）しい気持ちで広げたのです。浅緑の紙に、宰相（さいしょう）の君の手でとてもきれいに書かれていて、

「いかにして過ぎにしかたを過ぐしけんくらしわづらふ昨日今日かな
(どのように昔は過ごしていたかしら昨日今日でも退屈なのに)

との仰せです。……私も、千年も経ったかのような気持ちなのだから、明け方には急ぎ参内してくださいね」

とありました。宰相の君のお言葉でも素敵なことなのに、ましてや中宮様の仰せになったことといったらおろそかにはできないと思われ、

「雲の上もくらしかねける春の日を所がらともながめつるかな
(寂しさは居場所のせいかと思ったら雲の上でも同じらしくて)

宰相様へ。今夜中にも『少将』*になってしまいそうです」

と御返事を送って明け方に参上したところ、

「昨日の返事は、『かねける』が気に入らなかったわ。寂しい『らしい』どころじゃなかったのに。さんざん文句を言ったのよ」

と中宮様がおっしゃったのが、何とも情けないことでした。確かに、その通りなのですから。

* 不明。深草の少将とも。

三〇二

十二月二十四日、中宮様の御仏名で、夜中を担当する導師のお説経を聞いてから出てきた人は、深夜過ぎになったことでしょう。

何日も降り続いた雪が今日は止んで、風などが激しく吹いたので、つららがたくさん軒に下がりました。地面などはまだらに白いところが多いけれど、屋根の上はただ一面に真っ白になったので、みすぼらしい家も雪ですっかり覆い隠され、有明の月が曇りなく見えるのが、この上なく素晴らしいのです。屋根は白銀を葺いたかのようで、つららは水晶の滝とでも言いたいほど、長く短くわざわざ掛けわたしたかのように見えて、言葉にできないほどの美しさ。……と、そんなところに、下簾もかけない一台の車が。簾を高く巻き上げてあるので車の奥まで月光が差し込めば、淡紫、白、紅梅など、七、八枚ほど重ねた上にまとった濃い紫の衣の見事な艶などが、鮮やかに月に映えます。傍らにいる男は、葡萄染の固紋の指貫に、白い単衣をたくさん重ね、山吹、紅などの衣の裾を外まで出し、紐が解いてあるので肩脱ぎになっている純白の直衣も、こぼれ出ているのでした。指貫の片方の脚は、軾のところに踏み出すなどして、道で人に会ったならば「洒落ている」と思われるに違いありません。月の光が明るくてきまりが悪いと奥の方へ隠れる女を、男がずっと引き寄せ続け、人から見えるようにされて女が戸惑っているのも、面白いのです。

「凜々(りんりん)として氷鋪(こほ)りけり」*という詩を、繰り返し吟じていらっしゃるのはとても風情(ふぜい)があって、一晩中でも車を走らせていたいのに、行くべき場所が近づいてしまうのも、口惜(くちお)しいのでした。

三〇三

宮仕えをしている女房達が、奉公先から戻っている時に集まって、それぞれのご主人達のことを褒めたり、宮家の中についてや殿方達のことについて互いに言い合っているのを、その家の主人として聞いているのは、楽しいものです。

広くてきれいな家に、自分の親族はもちろん、仲良しの友人も含め、宮仕えしている女房達をあちこちの部屋に住まわせるのが、理想的。何かの折には、ひと所に集まっておしゃべりをしたり、誰かが詠んだ和歌や何やかやについて語り合い、誰かから

＊「秦甸(しんでん)ノ一千余里、凜々トシテ氷鋪ケリ。漢家ノ三十六宮、澄々トシテ粉餝(ふんかざ)レリ」（倭漢朗詠集）より。

の文を持って来たなら一緒に眺めて返事を書いたり、また女房を親しく訪ねて来る男性がいれば、部屋をきれいに整えて迎え、雨が降るなどして帰ることができなくなった時も楽しくもてなして、女房達がご主人のところに参上する時はお世話をし、思う通りにさせて出してあげたりしたいのです。
高貴な方の日々のご様子などが知りたくてしょうがないのは、よくない心というものなのかしら？

三〇四

見ると伝染るもの。
あくび。子供達。

三〇五

安心できないもの。

いい加減な人。とはいえ、人から立派だと言われる人よりも、裏表が無く見えるものです。船旅。

三〇六

お日様はたいそううららかで海はのどかに凪ぎ、艶を打ち出した浅緑の布を一面に敷いたかのようで、恐ろしげな気配は全く無い時、衵に袴などを着た若い女や、若い侍などが、櫓というものを押して盛んに歌をうたっているのは、とても面白いのです。高貴な方にもお見せしたいものだと思いながら進むと、一転して風が激しく吹き、海がどんどん荒れてくるので、何も考えられずに停泊する予定のところへと漕ぎ着ける間に波が船にかかる様子といったら、少し前まであれほど穏やかだった海とは思えないほど。

考えてみれば、船に乗ってあちこち行く人ほど、恐ろしく不吉なものはありません。そこそこの深さのところであっても、あのような頼りないものに乗って漕ぎ出すべきではないでしょう。ましてや海の底もわからず、千尋ほどもあったりするのに……。荷物をたくさん積み込んでいるので、水面からほんの一尺くらいしか出ていない船で、人足達は全く恐ろしいとも思わずに走りまわっています。少しでも乱暴に動いたら沈むのではないかとこちらは思っているのに、大きな松の木の、二、三尺もある丸太を、五本も六本もぼんぼん投げ入れたりするのは、まったくひどいものなのです。屋形というものがある方で、櫓を押します。けれど奥の方にいれば、安心なのです。端に立っている者は、目も眩む心地がしましょう。早緒という名の、櫓とかいうものに結びつけている綱の、弱そうなことといったらありません。それが切れたら、どうなることか。すぐに海に落ちてしまうでしょうに、その早緒が決して太くはないのです。

私が乗っている船はきれいに造ってあり、妻戸を開けたり格子をあげたりして、それほど水面ぎりぎりまで下りそうという感じでもないので、まるで小さな家に乗っているといった風なのです。

小舟を見ていると、実に恐ろしいもの。遠くの小舟は、本当に笹の葉で作って水に散らした様にそっくりです。停泊している港で、夜に船ごとに灯した火はまた、とても素敵に見えるのでした。

はし舟と名付けた、ごく小さな舟に乗って漕ぎまわる早朝の様子などは、とてもよいものです。「あとの白波」*は、歌にある通り、すぐに消えてしまいます。しかるべき身分の人はやはり、船に乗って往来などするものではないと私は思います。陸路の旅もまた恐ろしいものでしょうが、とはいえどうしたって足は地に着いているのですから、ずっと安心というものです。

やはり海はとんでもなく恐ろしい……と思うのに、ましてや海女が海に潜りに入るのは、ひどいことです。腰についた縄が切れでもしたなら、どうするのかしら。せめて男がするならそれもよいのでしょうが、女の場合は、やはり並の覚悟ではないに違いありません。男は舟に乗って歌など歌い、海女の腰につけた縄を海に浮かべて漕ぎまわっていますが、海女のことを危ないとか気がかりと思わないのでしょうか。男は、海女が浮かび上がろうとする時、その縄を引くのだとか。あわてて縄を手繰り上げる様子も、もっともなことなのです。上がってきた海女が、舟のへりを持って吐く息は、端でただ見ているだけの者でも涙がこみ上げるのに、そんな海女を海に落として漕ぎ回る男というのは、見ていられないほどのひどさなのでした。

＊「世の中を何に譬へん朝ぼらけ漕ぎゆく舟の跡の白波」（拾遺集、二十哀傷　沙弥満誓）

三〇七

右衛門の尉という者がどうしようもない父親を持っていて、世間にも体裁が悪いと、苦々しく思っていました。伊予の国から京へと上る時、父親を波間に落としたということを、「人の心ほど恐ろしいものはない」と人々が呆れているうちに、七月十五日にはお盆の供養をするということで、右衛門の尉は準備をしていたのです。それをご覧になった道命阿闍梨が、

わたつ海に親おし入れてこの主の盆する見るぞあはれなりける

（海原に親を落とした当人が盆の供養をするとはあはれ）

とお詠みになったというのが、興味深いことなのでした。

三〇八

藤原道綱様の御母上*の話ということなのですが、普門という寺であった法華八講を聴いた次の日、小野殿に人々がたくさん集まって、楽器を奏でたり詩を作ったりしたという時、

薪こることは昨日に尽きにしをいざ斧の柄はここに朽たさん**
（お勤めは昨日で終わり斧は捨て小野の邸で遊びましょうよ）
とお詠みになったというのが、実に素晴らしいことでした。……この辺りは、又聞きの話ばかりになってしまいましたね。

三〇九

また在原業平の中将のもとに、母である皇女が、「いよいよ見まく***」とよこされたのは、本当にしみじみと胸に沁みます。開けて読んだ時の業平の気持ちが、想像できるというものです。

* 蜻蛉日記の作者。
** 「薪こる」　法華経に、薪を伐り水を汲むことによって仏の教えを受けようとする話がある。斧と小野をかけ、斧の柄が朽ちるほど、時を忘れて遊びましょう、の意。
*** 「老いぬればさらぬ別れのありといへばいよいよ見まくほしき君かな」（古今集、十七雑上、他　伊登内親王）。「見まくほし」は「会いたい」の意。

三一〇

素敵と思った歌を草子(そうし)などに書いて置いておいた後で、とるに足らない下衆女(げすおんな)がその歌を口ずさんでいるのを耳にしたりするのは、まったくやりきれません。

三一一

それなりの身分の男を、下衆女(げすおんな)などが褒めて、「とっても親切でいらっしゃるの」などと言えば、すぐさまその男の評判が下がってしまうことでしょう。悪く言われる方が、かえってよいのです。

下衆の者に褒められるのは、女であってもとても不愉快なもの。褒めているうちに、かえって台無しにしてしまうのですから。

三一二

左右の衛門の尉は「判官」と名付けられ、ひどく恐ろしく畏れ多いものだと思われています。夜警の時、女房達がいる細殿などに入ってきて寝ているのは、とても見苦しいのでした。布の白袴を几帳にひっかけ、長くて邪魔な袍を丸めてかけてあるのは、何とも場違いな感じです。太刀の後ろに袍の裾をひっかけたりしてうろつくのは、まあよいけれど。

青色の袍をただずっと着ていたら、どんなに素敵でしょう。「見し有明ぞ」*とは、誰が詠んだ歌であったかしら。

三一三

大納言の伊周様が参上されて、漢詩のことなどを帝に奏上されているうち、いつものように夜がとっぷりと更けてきたので、御前にいる女房達は、一人二人と姿を消し

＊引歌不詳。

て、御屏風や御几帳の後ろなどに隠れて皆、寝てしまいました。私は一人、眠たいのを我慢して控えていると、「丑四つ」と時刻を奏するようです。

「夜が明けたようね」

と独り言を言うと、伊周様は、

「今さら、お休みなさいますなよ」

と、私が寝るとも思っていらっしゃらないようなのであり、「弱ったわ、なぜあんなことを言ったのかしら」と思うのです。また他にも人がいれば、紛れて伏すこともできましょうが。

帝が御前の柱に寄りかかって少しお眠りになっていらっしゃるのを、

「あちらをご覧なさいませ。夜も明けたというのに、あのようにお休みになるとは」

と伊周様がおっしゃると、

「本当に」

などと、中宮様も笑って申し上げていらっしゃるのも帝はご存知ない、という時。

長女の下働きをする童女が鶏を捕まえて持ってきて、「明日、里に持って行こう」と隠しておいたその鶏を、どうしたことか犬が見つけて追いかけたので、渡殿の棚に逃げ込んですさまじく鳴き騒ぎ、皆が起きてしまったようです。帝もお目覚めになって、

「どうして鶏がここに？」

などとお尋ねになると、伊周様が、

「声、明王の眠りを驚かす」*

という詩を高らかに吟じられたのが、ご立派で風情たっぷりで、明王でもない私のような普通の者の眠たかった目も、ぱちりとさめてしまったのです。

「実にぴったりの言葉であった」

と、帝も中宮様も、面白がっておいででした。やはりこうした事こそ、素晴らしいのですよね……。

次の晩、中宮様は夜の御殿に参上なさいました。夜半頃、私が渡殿に出て召使いを呼ぶと、

「退出するのかな。では送って行こう」

と伊周様がおっしゃるので、裳や唐衣**は屛風にかけて行きました。月がとても明るいので伊周様の直衣はさえざえと白く、指貫の裾を長く踏み、私の袖を摑んで、

「転ぶなよ」

とおっしゃって連れていってくださいながら、

* 「鶏人暁ニ唱フ、声明王ノ眠リヲ驚カス……」（本朝文粋、三　都良香・倭漢朗詠集、禁中）。鶏人は、時を報せる役人。
** 中宮を送った後なので、正装を解く。

「遊子(いうし)なほ残りの月に行く」*

と吟じられたのがまた、何ともうっとりするよう。

「こんなことくらいでお褒めになるのか」

とお笑いになるのだけれど、どうして褒めないでいられるかしら。やっぱり素敵なのだから……。

三一四

〝まま〟と呼ばれる、隆円僧都(りゅうえんそうず)の御乳母(おんめのと)などと一緒に、御匣殿(みくしげどの)の御局(みつぼね)に座っていると、ある男が板敷のところの近くまでやってきて、

「ひどい目に遭ってしまいまして、どなたに訴え申し上げたものやら……」

と今にも泣き出しそうな気配なので、

「どうしたのです」

と尋ねれば、

「ちょっと他所(よそ)へ出かけた間に、住まいが焼けてしまいましたので、今はやどかりのように、他人の家に尻を押し込んでいるしかありません。馬寮(うまづかさ)の、まぐさを積んであ

った建物から火が出たのです。ほんの垣根ばかりを隔てたところの家ですので、夜殿(よどの)で寝ておりました妻も、危うく火に呑(の)まれそうになりまして。家財の一つも、持ち出しておりません」

などと言うのを、御匣殿もお聞きになって、おおいにお笑いになりました。

みまくさをもやすばかりの春の日に夜殿さへなど残らざるらん

(草萌(燃)ええる春の日(火)くらいでなんでまた淀野(夜殿)が消えてしまうのかしら)

と書いて、「これを渡してやって」と投げ与えると、女房達は大笑いします。

「家が焼けたということなので、こちらにいらっしゃる方が気の毒に思って下さるのですよ」

と取らせると男は広げて見て、

「これは、何の御短冊**でございましょう。物をどれほど頂けるので？」

と尋ねるので、「とにかく読みなさい」と言いました。

「どうして読めましょう、少しも字は読めませんのに」

と男が言うと、

「誰かに見てもらいなさい。ちょうどお召しがあったので、私達は急いで参上するの

＊「遊子猶行於残月、函谷鶏鳴」(和漢朗詠集)。一九四段にも引かれる。
＊＊短冊は、物資を給付する時の札。

です。そんなに素晴らしいものを手にいれたのに、何を悩んでいるの?」

ということで、一同は笑い転げながら参上すれば、「あの歌を人に見せただろうか。里に行ってから、どれほど腹を立てたか」などと、中宮様の御前(おまえ)に参上して〝まま〟が申し上げると、また笑って大騒ぎになるのです。中宮様も、

「どうしてそう悪ふざけをするのかしら」

と、お笑いになったのでした。

三一五

母親が亡くなって父親一人になった男のことを、父親は大変に可愛がったものの、父親に面倒な後妻が来ると、男は親のところにも入れないようになってしまいました。男の装束などは、乳母(めのと)や亡き妻付きだった女房達などが用意していたのです。

西や東の対の辺りの、客間など立派なところで、屏風(びょうぶ)や障子の絵も美しく整え、男は暮らしています。殿上人(てんじょうびと)としての働きぶりも申し分ないと同僚達から思われ、帝(みかど)の覚えもめでたく、いつもお召しになり、演奏などの良いお相手だと思ってらっしゃるのですが、それでも男はいつもどことなく憂鬱そうで、自分が世の中にいてはいけな

い気がして、色めいた欲望が尋常でなくあるようなのです。

男には妹が一人いて、さる上達部(かんだちめ)の妻として、またとなく大切にされています。その妹にだけは思いの丈を話し、心を許しているようなのでした。

三二六

遠江(とおつおうみ)の守(かみ)の息子と深い仲になっていたある女房が、

「『あの人は同じ宮に仕える女性とこっそり付き合っている』と人から聞いたので恨みごとを言うと、男は『親の名に賭けても、誓わせてください。それはとんでもない嘘(うそ)ですよ。夢でだって会ったことの無い女だ』と言うのですが、何と言ってやったらよいのでしょう」

と言ってきたので、私はこんな歌を作ってみたのです。

誓へ君　遠江(とほたあふみ)の神かけてむげに浜名の橋見ざりきや
(遠江の神(守)に誓ってみるがよい　浜名の橋は決して見ないと)

三一七

都合の悪い場所である男と逢(あ)っていたところ、ひどく胸がどきどきしてきました。
「どうしたのですか、そんなになって」
と言う男に、
逢坂(あふさか)は胸のみつねに走り井(ゐ)のみつくる人やあらんと思へば
(逢坂の走り井のように胸走るみつ(水)ける人がいはしないかと)

三一八

「本当ですか、もうすぐ京から離れるというのは」
と言った人に。
思ひだにかからぬ山のさせも草(ぐさ)誰か伊吹のさとは告げしぞ
(そんなこと誰がいぶ(言う)きのさせも草思ひ(火)もないのに立ったうわさね)

一本*

一

夜に映えるもの。

濃い紅（くれない）の掻練（かいねり）の艶。ふわふわにむしった綿。

女は、額は出ていても、髪のきれいな人。琴（きん）の音。容姿は良くなくても、気配の良い人。ほととぎす。滝の音。

二

灯の下では見劣りするもの。

紫の織物。藤（ふじ）の花。紫色の類いのものは、皆全て見劣りするようです。

＊編纂からこぼれおちた段が「一本」とされる。第一四八段の後に、一本が入っていたという説も。

紅(くれない)は、月夜には映えません。

三

聞きにくいもの。
声の悪い人が、何か言ったり笑ったり、うちとけている様。いまにも眠りそうに陀羅尼(だらに)を読む声。お歯黒をつけながら何か言う声。冴えない人は、物を食べながらでもしゃべるようです。練習中の篳篥(ひちりき)。

四

なぜそのような文字で書くのか、理由はあるようだけれど、よくわからないもの。
炒塩(いためしお)。衵(あこめ)。帷子(かたびら)。屐子(けいし)。泔(ゆする)。桶舟(おけふね)。

五

下地は決まって汚いのに、表側はきれいそうに見えるもの。唐絵の屏風。石灰の壁。お供えで盛ってあるもの。檜皮葺きの屋根の上。河尻の遊女。

六

女の表着は　薄紫色。葡萄染。萌黄。桜。紅梅。全て薄色の類いです。

七

唐衣は　赤色。藤。夏は二藍、秋は枯野。

八

裳(も)は　大海(おおうみ)。

九

汗衫(かざみ)は　春は躑躅(つつじ)。桜。夏は青朽葉(あおくちば)。朽葉。

一〇

絹織物は　紫。白いもの。紅梅もよいけれど、すぐ見飽きてしまいます。

一一

綾（あや）織物の模様は　葵（あおい）。かたばみ。あられ地。

一二

薄様（うすよう）の色紙は　白。紫。赤。刈安染（かりやすぞめ）。青も素敵。

一三

硯（すずり）の箱は　二段重ねで、蒔絵（まきえ）に雲と鶴の模様があるもの。

一四

筆は　冬毛のもの。使うにも見るにもよいものです。兎（うさぎ）の毛。

一五

墨は　丸いもの。

一六

貝は　貝がら。中でも蛤（はまぐり）、うんと小さな梅の花貝。

一七

櫛（くし）の箱は　蛮絵（ばんえ）が描いてあるものがとても素敵。

一八

鏡は　八寸五分。

一九

蒔絵(まきえ)は　唐草(からくさ)模様。

二〇

火鉢は　赤色。青色。白木に色絵を描いたものも、よいのです。

二一

畳は　高麗縁(こうらいべり)。または、黄色の地の縁。

二二

檳榔毛の車は、ゆっくり動かすのがよいものです。
網代車は、走らせる方が。

二三

松の木立が高く並ぶ邸で、東と南の格子を全て上げてあるので中が涼しげに透けて見える母屋に、四尺の几帳を立てて、その前に円座を置き、四十歳ばかりのたいそう端正な僧が、墨染の衣、薄物の袈裟を美しく着こなし、香染の扇を使って、一心に陀羅尼を読んでいました。

その邸の主人がひどく苦しめられているもののけを移すためのよりましとして、大柄な童女が、鮮やかな生絹の単衣に袴を長く穿いて、にじり出てきました。横向きに立てた几帳の脇に座っているので、僧は身体をねじって外の方を向き、見事な独鈷を童女に持たせ、伏し拝んで読む陀羅尼もありがたいのです。

　立会いの女房が大勢つきそってじっと見守っていると、ほどなく童女が震えだし、正気を失いました。僧が祈禱する通りに応じられる仏の御心も、何とも尊く思われます。

　主人の兄弟や従兄弟達も皆、出入りが許されて、効験を崇めて集まっているのであり、童女がいつもと同じ正気でいたなら、どれほど恥ずかしがって慌てることでしょう。童女自身は苦しくはないとは知りつつも、ひどくつらそうに泣いている様が気の毒で、その知人などはかわいそうに思って近くに寄りそい、衣の乱れを直してあげたりするのです。

　そのうちに病人が回復してきて、

「御薬湯を」

などと言うのでした。台盤所へと取り次ぐ若い女房達は、気がかりで薬湯を持ったまま、急いで来て様子を見るのです。女房達の単衣などがとても美しく、薄紫色の裳なども古びておらず、きちんとしています。

　もののけはさんざんお詫びを言わされてから、許されました。童女は、

「几帳の中にいると思っていたのに……。なんとすっかり外にいたとは。どうしたことでしょう」

と恥ずかしがり、髪で顔を隠してそっと奥に行こうとするので、僧は、

「しばし待ちなさい」

と少しばかり加持をして、

「どうですか。気分はさっぱりされましたか」

と微笑(ほほえ)んだ様子も、立派なのです。

「もう少しお付き添いすべきなのですが、勤行(ごんぎょう)の時刻になりましたので」

と、辞去の挨拶をして出て行く僧を、

「少しお待ちを」

などと引きとめたものの、とても急いで帰ってゆこうとしました。そこに、上臈(じょうろう)女房らしき人が簾(すだれ)のところへにじり出てきて、

「たいへん有難くもお立ち寄り下さったお陰で、堪えがたい苦しみだったのが、今まさによくなってきたようです。かえすがえすも御礼を申し上げます。明日も、お時間がありましたらお越し下さいませ」

と主人の言葉を伝え、僧は、

「どうにも執念深いもののけのようでございます。油断されない方がよろしいでしょう。快方に向かわれたご様子、お喜び申し上げます」

と言葉少なに出て行く様子は、効験はなはだあらたかで、仏が顕(あらわ)れたのかとすら思

えるのでした。

二四

こざっぱりして髪の整った童子（わらわべ）や、大柄で髭（ひげ）は生えていても意外に髪が美しい童子、とんでもなくうっとうしいくらいに髪が多い童子など大勢連れて、忙しくあちこちで有難がられ信頼されるというのが、僧にとっても望ましいあり方というものです。

二五

宮仕えする先は　内裏（だいり）。后（きさい）の宮（みや）。后の宮がお産みになった、一品（いっぽん）の宮などと申し上げる所。

斎院は、罪深い*ようだけれど、素敵なのです。ましてや現在の斎院は。また、春宮（とうぐう）

＊神に奉仕する斎院は仏事を避けるので、罪深いとした。

の女御（にょうご）がいらっしゃる所。

二六

荒れ果てた家の、蓬（よもぎ）が茂り葎（むぐら）がはう庭に、何にも隠されない明るい月が、澄み切って昇って見えるのは素敵。また、そのように荒れた家の板の隙間から洩（も）れてくる月光、荒くはない風の音も。

二七

池がある所の五月の長雨（ながあめ）というのは、たいそう素敵です。菖蒲（しょうぶ）や菰（こも）などが池一面に生い茂り、水も緑に見えるので、庭全体が一色に見渡され、曇り空をぼんやり眺めて過ごすのが何とも言えないのです。どんな時でも全て、池がある場所は、しっとりと素敵なもの。冬でも、氷の張った朝などは、言うまでもありません。ことさらに手入れをしているよりも、ほったらかしにして水草が茂り放題に荒れ、緑がかった水の隙間隙間に、月の光だけが白々と映って見えている様といったら……。

およそ月の光というものは、どんな場所でも、うっとりさせてくれるのです。

二八

長谷寺(はせでら)のお参りに行って局(つぼね)にいた時、いやしい下衆(げす)達が下襲(したがさね)の裾を長く引いてずらりと座っていたのには、いまいましく思わされました。

一念発起して出立(しゅったつ)し、川の音などが恐ろしく、呉階(くれはし)を上る時などはとことん疲れ果て、早く仏様のお顔を拝みたいと思っていると、白衣(しろぎぬ)を着た法師や蓑虫(みのむし)のような者が集まって、立ったり座ったりぬかずいたりしており、その全く遠慮の無い様子は心底しゃくにさわって、突き倒してやりたいような気持ちになったのでした。どこでもそれは、同じことなのでしょうが。

高貴なお方が参籠されている局の前くらいは人払いなどもするのだと思いますが、ほどほどの身分の人までは、手が回らないのでしょう。そうは知りながらもやはり、そんなことに直面する度に、ひどくしゃくにさわります。

きれいに掃除した櫛(くし)を、垢(あか)の中に落としてしまうのも、しゃくにさわるもの。

二九

女房の参内（さんだい）や退出には、人の車を借りる時もあるのですが、持ち主はとてもこころよい返事で貸してくれたのに、牛飼童（うしかいわらわ）が普通に「しーっ」と言うよりも強い調子で牛を追い、ひどく走らせて牛を打つのには、「ああ、いやだ」と思います。従者（ずさ）達が面倒臭そうな様子で、

「早く走らせないか、夜が更けないうちに」

などと言うのには、主人の本性が推し量られて、二度と頼もうとは思わなくなるのでした。

業遠（なりとお）の朝臣（あそん）の車だけは、夜中も夜明けも問わずに人が乗っても、そのようなことは全くなかったようです。よく教え込んであるものですね。その車に道で出会った女車が、深いところにはまり込んで、引き上げられずに牛飼が腹を立てていたところ、業遠の朝臣が従者に命じて牛を打たせることさえしたのですから、ましてや日頃から厳しく言われているに違いありません。

三一九

この草子は、私が見たことや思ったことを、まさか人が読みはすまいと思って、実家暮らしで退屈している時に書きためたものです。あいにく人に見られては具合の悪い言い過ぎた部分もあるので、しっかり隠したと思っていたのですが、思いがけず世に漏れ出てしまいました。

内大臣の伊周様が献上された紙を中宮様がご覧になり、

「これに何を書きましょうか。帝の方では、史記という書をお書きになったのですよ」

とおっしゃったので、

「枕、がよいのではないでしょうか？」

と申し上げると、

「では、お持ちなさい」

と下さったのですが、つまらないことをあれやこれやと、山ほどの紙に書き尽くそうとしたので、全くわけのわからない言葉が多いこと……。

だいたい、世の中の面白いこと、人が「素晴らしい」などと思いそうなことを選び出し、和歌などのことも、木、草、鳥、虫のことも書き出したならば、「思った程でもないな。大したことはない」と、そしられもしましょう。しかしこれは、私がただ心の中で自然と思い浮かんだことを戯れに書いていたので、まともな書物に肩を並べて、世間並みの評判が耳に入るわけがないと思っていたのに、「たいしたものだ」などとも読む方はおっしゃるそうなので、とても不思議な気がするのです。

確かにそれも道理で、人が憎むものを良いと言い、褒めるものを悪いと言う私のような者は、心の底が見透かされるというもの。ですから私はただ、この草子が人に見られたことが、いまいましいのです。

左中将の源経房(つねふさ)様がまだ伊勢(いせ)の守(かみ)だった頃、私の実家へいらっしゃった時に端の方にあった畳をお出ししたところ、なんとこの草子が、そこに載って出てしまったのです。慌てて引っ込めようとしたのですが、そのままお持ちになって、だいぶ後になってから返ってきました。そこから、草子が世間に出回りはじめたようなのでした。

……と、元の本にある。

文庫版あとがき

平安時代、清少納言のような貴族階級の女性達は、普段の生活において男性に顔を見せてはならないとされていた。顔を男性に見せる時とは、すなわち事に至る時。「見る」や「会ふ」は、男女が関係を結ぶ、結婚するとの意をも持っていた。

女性は、髪やら扇やら御簾(みす)やら几帳やらと、様々なものを使って顔を隠したが、彼女達は、「見られていない」からといって「見ることができない」わけではなかった。扇の脇から、御簾の隙間から、そして物陰から、女達は周囲の出来事をしかと見ていたのだ。

中でも清少納言は、見ることに大きな悦びを覚え、見ることに貪欲な女性だった。一条天皇の中宮である定子(ていし)に仕える女房だった清少納言は、一条天皇や定子、男性貴族達や同僚の女房達の言行や服装、はたまた様々な行事等をしっかり見て、枕草子に記しているのだ。

彼女は同時に、「見られたい」人でもあった。自分が何か気の利いたことをしたり言ったりした時、「この様子を誰かに見てほしい、知ってほしい」と、強く願わずにはいられなかった。

たとえば、藤原行成（ふじわらのゆきなり）や藤原斉信（ただのぶ）といったエリート貴族達との交流が枕草子にしばしば記されているのは、自身のウィットやモテぶりを多くの人に知ってもらうためのアピールというものだろう。

また九八段には参詣や見物に行く時、牛車の簾（すだれ）から着物の裾を美しく出しているのに誰にも会わないのはとても残念、とある。下衆（げす）でもいいからこの様子を見て、誰かに吹聴してほしいとすら思っているのだ。

このような記述から感じるのは、清少納言は見ることは得意だけれど、見られることには慣れていない、という事実である。見られ慣れていない彼女は、自身の機知や教養をあまりに無邪気に自慢しているのであり、その自慢ぶりに対して紫式部も憤懣やる方ない思いを抱いていた様子が、紫式部日記に記されているほど。見ることにも、見られることにも自覚的だった紫式部にとっては、清少納言の無自覚が、我慢ならなかったのだろう。

清少納言は、見ることに対しては強い意識を持っていたのに対して、見られることに対しては極端に無意識だったのだ。その、意識と無意識の極端な不均衡の産物こそが枕草子なのではないかと、私は思う。

天性の観察眼と、目にした事物を巧みに編む能力を持つ一方で、〝どう見られるか〟を考えずに記した、自分の話。そのギャップがこの随筆にリズムを与え、読者の興味を摑んで離さない。

引き締まった観察眼と、天衣無縫な自分語りを紙の上に披露することは、清少納言にとっては大きな快感となったはずである。見聞きした話であれ、自分の話であれ、紙に書くことによって彼女は鬱屈を忘れ、爽快な気持ちになることができたのだ。枕草子を現代の言葉に訳しつつ、彼女の快感の一端を感じることは、私にとって大きな悦びとなった。現代の読者と清少納言の快感を分かち合うことができたなら、訳者にとってこの上ない幸せである。

文庫版の刊行にあたっては、日本文学全集に引き続き、群馬大学の藤本宗則先生、河出書房新社の東條律子さんにお世話になりました。この場を借りて、御礼申し上げます。

二〇二四年二月

酒井順子

参考文献

・「枕草子」池田亀鑑・岸上慎二 校注・訳（日本古典文学大系19『枕草子・紫式部日記』所収）岩波書店 一九五八年
・『枕草子』上・下 萩谷朴 校注・訳（新潮日本古典集成11・12）新潮社 一九七七年
・『枕草子』松尾聰 永井和子 校注・訳（新編日本古典文学全集18）小学館 一九九七年

＊底本は日本古典文学大系（岩波書店）によりました。

解説　知的でクールな清少納言

木村朗子

『枕草子』は「をかし」の文学と言われる。「山は」「峰は」「海は」と題をたてて、清少納言が「をかし」と思うものを並べてみせる、類聚章段と呼ばれる段がある。有名な冒頭の「春はあけぼの」も、春の「をかし」が並べられているのである。理由などない。わかる人だけがわかればいいといった態度でどれも断言調だ。

たとえば、五二段には「猫は、背だけ黒くて、お腹は真白なもの」（猫は、上のかぎり黒くて、腹いと白き）とだけある。ここで、「いや私は三毛の方が」（全集版あとがき）とか、いやいやサバトラだ、などというのは無粋。ここは「私も、黒白の猫が好き」（『枕草子 REMIX』）と素直に共感できなければならない。断言されるからこそ、『枕草子』のいう「をかし」がしっくりときてしまった読者は、私こそが清少納言の理解者だと自負するようになる。

酒井順子氏は、まさにそのような人で、「初めて『枕草子』を読んで、「この人とは、仲良くなれる！」と確信した」と書いている。そして、そのように思う人が自分だけではなかったと知って、具体的にはかの白洲正子（しらすまさこ）も十二、三歳のころに「勝手に独り合点で清少納言を親友にする事にきめた」と書いているのをみつけて、軽く嫉妬しつつも、「清少納言はこの千年の間、あらゆる時代の女性達に「友達になりたい」「親友がここにいた！」と、思わせ続けてきたのです」と書く（『平安ガールフレンズ』）。かくいう私も高校時代に清少納言にゾッコン惚れ込んでしまい、恥ずかしながら卒業文集に類聚章段をまるパクりして、好きなものを並べただけのものを提出したと記憶する。

「池澤夏樹＝個人編集　日本文学全集」の『枕草子』の現代語訳で、酒井順子氏に白羽の矢が立ったのは、すでに二〇〇四年に『枕草子 REMIX』を出していたからだろう。『REMIX』には、古典文学にうとい読者が『枕草子』を身近なものに感じられるよう、さまざまなしかけがほどこされている。類聚章段のなかでも、「山は、小倉山、鹿背山、三笠山」などといわれても関西に土地勘のない読者にはピンとこない。そこで洛中洛外を旅してまわる「枕草子観光」コーナーがつく。さらには「絶対に気が合う！」と確信した酒井氏が清少納言と対話をしてみせたりするコーナーもある。現代人からみた疑問点などを率直にぶつけて、清少納言に解説してもらうのである。ものづくしの段に〈今だったらこんな感じ？〉としたバージョンがつくのもわかりやすい。たとえば、「かたはらいたきもの」には「本人が聞いているのを知らないで、その人の噂話をするの」とある。それは今なら、〈ある人の悪口を、特定の仲間だけにメールした一瞬後にふと嫌な予感がして確かめたら、宛先の中に悪口のネタになった人のアドレスが入っていたことを発見したの〉と説明される。ああ、それはいかにも「かたはらいたし」だと、「かたはらいたし」の意味がこれ以上ないほどに腑に落ちるしくみだ。

かねて「随筆を書くことを生業として」いて、いつかは「随筆家の祖」の作を一度は読まねばと思ってきたとつづる酒井順子氏は、原文で読んでなお面白く共感できた喜びをそのままに、「原文で読んでみよう！」というコーナーを用意し、ルビのようにして現代語訳をつけている。つまりここで一度、部分的に現代語訳の腕前を披露していたのだった。

これまでに作家による『枕草子』の現代語訳には、である体で訳された大庭みな子訳、「現代の女の子」の話しことばによる橋本治「桃尻語訳」などがあった。「春って曙よ！だんだん白くなってく山の上の空が少し明るくなって、紫っぽい雲が細くたなびいてんの！」とはじまる橋本治訳は、ぶっとんでいるようにみえて、その実、過去の助動詞「き」には「〜なんだったけど」、完了の助動詞「ぬ」には「〜しちゃってたんだけど」などと対応する現代語を厳格にあてた逐語訳である。さらに読むのに不足する情報は膨大な註で補っている。註でいったん文章の流れから離れてポーズを置くことになるので全文をすらすらと読めるようにはつくられていない。その上、『枕草子』の原文は、もともと宮廷社会の狭い読者層に向けて書かれているので内々で了解していることは盛大にはしょられているし、もうちょっと言いたいことを整理してから書いてほしいと思うような、先走りしすぎている文章もあって、ところどころ読みにくい。橋本治訳は、話しことばでとっつきやすそうにみえて、その実、原文の読みにくさがそのまま いかされている。

一方、酒井順子訳は正確に訳されている気がするのにぐいぐい読み進めることができる。それとわからぬ程度に適度に整除された文章で、橋本治が註にたよったところもできる限り文章に入れ込んであるので、途中で立ち止まらずにすむ。まるで酒井順子氏の書いたエッセイを読んでいるときのような読み心地だ。と思っていたら、「池澤夏樹＝個人編集　日本文学全集」刊行時に付された月報で、上野千鶴子氏がこのことを酒井順子『子の無い人生』の一節と引き比べて検証していた。酒井エッセイと同じく、ですます体を選んで訳され、「酒井エッセイの文体に、原文がすっかり溶け込んでいる」という。

ところで、古典文学が現代文学へとつづくことばの歴史そのものであるように、現代語訳も次へと引き継がれていくものらしい。酒井順子訳には橋本治訳へのリスペクトが垣間見えるのである。「をかし」の文学といわれるだけあって、清少納言が連呼する「をかし」をどのように訳出するかは『枕草子』の現代語訳で最初に頭を悩ませるところだろう。

大庭みな子訳はそれを「よい」と訳している。「夏は夜」と夏の蛍がとびかうさまをいう一節の「また、ただ一つ二つなど、ほのかにうち光りて行くもをかし。雨など降るもをかし」とあるところは、「また、ほんの一つ二つ、ほのかに光ってとぶのもよい。雨のふるのもまたよい」とある。きっぱりかつさっぱりとした訳である。

橋本治訳では「あと、ホントに一つか二つなんかが、ぼんやりポーッと光ってくのも素敵。雨なんか降るのも素敵ね」となっている。橋本治は「をかし」は原則としてすべて「素敵」、「あはれ」は「ジーンとくる」としたのだという。

酒井順子訳もまた「素敵」を採用。「また、わずか一匹二匹ほど、ほのかに光って飛んでゆくのも素敵。雨など降るのも素敵」と訳している。あるいは「秋は夕暮」の一節にある「いとをかし」は「とても素敵」とある。とはいえ、二段の「ころは、正月、三月、四月、五月、七、八、九月、十一、二月、すべてをりにつけつつ、一年ながらをかし」の後半部は「全てその時々なりに、一年中面白いことです」としている。「をかし」を無闇に素敵に置き換えているわけではないところも意味をとりやすく読みやすくする秘訣だろう。

酒井順子氏は最近作『日本エッセイ小史——人はなぜエッセイを書くのか』（講談

社、二〇二三年）で、「エッセイの読み心地は大雑把に言うと、「へーえ！」と「あるある」に二分される」と述べている。その区分でいくと『枕草子』の類聚章段というのは、「「あるある」の元祖」（『平安ガールフレンズ』）だということになる。「「あるある」系エッセイは、誰もが経験している一般的な事象の中から、一般的すぎて目にもとまらないことや、言葉にはされていなかった感情を抽出し、「こういうことって……、あるある」という納得感を読者にもたらす」すものだという。

実際に、『枕草子』は、「あるある」の共感で、女性読者を惹きつけてきたようなところがある一方で、『枕草子』には「へーえ！　そんなことがあるの」「へーえ！　なるほど」と思わせる、平安宮廷の暮らしぶりがつづられた章段がある。いわゆる日記章段と呼ばれているところだが、日記章段の清少納言の筆は、ときに独りよがりに感じられ、当たり前のことだが一千年後の読者にわかりやすいようにしようという配慮はまったくない。その意味では、日記章段を読んで「へーえ！　なるほど」と思うのは現在の読者だからであって、清少納言としてはどちらも「あるある」風に書いているのかもしれない。いずれにせよ当時の読者なら誰でも知っている男性官人について、あれこれ書いている箇所など、現在の読者にはちょっと歯が立たない。逆にここのところがよくわかると宮廷社会がみるみる解像度を上げてみえるようになる。

たとえば八二段には、仲の良かった斉信（ただのぶ）が悪い噂を真に受けて清少納言と絶交状態にあったが機知に富んだやりとりで仲が復活したという逸話が書かれている。白氏文集の漢詩の一節、「蘭省花時錦帳下」（蘭省の花の時の錦帳の下）と書きつけて、この後の句はなにか、と問いかける文を送ってよこす。しかも雨に降り込められて内裏の宿直所に集まった男たちが、やいのやいの言いながら斉信とのやりとりを見守っているのだった。先の一節につづくのは「廬山雨夜草庵中」（廬山の雨の夜草庵の中）だが、清少納言はしたり顔で漢詩の一節を書きつけることなどはしない。「草の庵を誰かたづねん」（草の庵を訪ねてくる人はいないの？）と書いた。これを見た男たちは大騒ぎである。そこに居合わせた清少納言のかつての夫の橘則光は、翌朝、得意満面で男性陣の様子を報告にやってくる。元妻がしくじったらどうしようとやきもきしていたところに見事な返し。さてこれになんと返そうかと男たちは頭をひねっていたが結局なにもでてこなかったという。雨の日の宿直所で男たちが女についてあれこれ言い合うなど、さながら『源氏物語』の雨夜の品定めである。

斉信とのやりとりは八三段にもつづく。他に四九段、一三三段の行成とのやりとりも興味深い。定子サロンと男性官人との関係、天皇と定子の関係など、「へーえ！なるほど」がいっぱいの章段が、すらすら読めるのは何よりうれしい。

酒井順子氏は全集版訳者あとがきで「藤原行成や藤原斉信等の華やかな男性達からこんな風に褒められた、といった自慢話にしても、彼女は自慢をせずにいられない自分を、一歩引いて見ています」と述べて、『枕草子』の筆致は「単なる自分語りにはならない客観性」があるとしている。

紫式部は『紫式部日記』に、清少納言は、人とは違うというところをみせようとしている人だとか、風流ぶってたいしたことのないことにも、もののあはれをいい、をかしき風情を見過ごさないようにしている軽薄な人だとか評している。橋本治の女の子しゃべりのせいか、清少納言というと派手にはしゃいでいるイメージがある。しかし酒井順子訳での清少納言は違う。物事を冷静に客観視している作者像が、知的で怜悧な文体に映されている。それは「私だけの親友」と自負する酒井順子氏にこそわかる清少納言像なのである。

(きむらさえこ／日本文学研究者)

本書は、二〇一六年一一月に小社から刊行された『枕草子／方丈記／徒然草』（池澤夏樹＝個人編集　日本文学全集07）より、「枕草子」の一四三段から三一九段を収録しました。文庫化にあたり、一部加筆修正し、書き下ろしの解説を加えました。

枕草子（まくらのそうし） 下

二〇二四年 五 月一〇日 初版印刷
二〇二四年 五 月二〇日 初版発行

訳 者 酒井順子（さかいじゅんこ）

発行者 小野寺優
発行所 株式会社河出書房新社
〒一六二-八五四四
東京都新宿区東五軒町二-一三
電話〇三-三四〇四-八六一一（編集）
〇三-三四〇四-一二〇一（営業）
https://www.kawade.co.jp/

ロゴ・表紙デザイン 粟津潔
本文フォーマット 佐々木暁
本文組版 KAWADE DTP WORKS
印刷・製本 中央精版印刷株式会社

Printed in Japan ISBN978-4-309-42105-6

kawade bunko
古典新訳コレクション

河出文庫 古典新訳コレクション

古事記 池澤夏樹［訳］
百人一首 小池昌代［訳］
竹取物語 森見登美彦［訳］
伊勢物語 川上弘美［訳］
源氏物語1〜8 角田光代［訳］
堤中納言物語 中島京子［訳］
土左日記 堀江敏幸［訳］
枕草子上・下 酒井順子［訳］
更級日記 江國香織［訳］
平家物語1〜4 古川日出男［訳］
日本霊異記・発心集 伊藤比呂美［訳］
宇治拾遺物語 町田康［訳］
方丈記・徒然草 高橋源一郎・内田樹［訳］
能・狂言 岡田利規［訳］
好色一代男 島田雅彦［訳］
雨月物語 円城塔［訳］
通言総籬 いとうせいこう［訳］
春色梅児誉美 島本理生［訳］
曾根崎心中 いとうせいこう［訳］
女殺油地獄 桜庭一樹［訳］
菅原伝授手習鑑 三浦しをん［訳］
義経千本桜 いしいしんじ［訳］
仮名手本忠臣蔵 松井今朝子［訳］
松尾芭蕉 おくのほそ道 松浦寿輝［選・訳］
与謝蕪村 辻原登［選］
小林一茶 長谷川櫂
近現代詩 池澤夏樹［選］
近現代短歌 穂村弘［選］
近現代俳句 小澤實［選］

＊以後続巻
＊内容は変更する場合もあります

河出文庫

源氏物語　1

角田光代〔訳〕　41997-8

日本文学最大の傑作を、小説としての魅力を余すことなく現代に甦えらせた角田源氏。輝く皇子として誕生した光源氏が、数多くの恋と波瀾に満ちた運命に動かされてゆく。「桐壺」から「末摘花」までを収録。

源氏物語　2

角田光代〔訳〕　42012-7

小説として鮮やかに甦った、角田源氏。藤壺は光源氏との不義の子を出産し、正妻・葵の上は六条御息所の生霊で命を落とす。朧月夜との情事、紫の上との契り……。「紅葉賀」から「明石」までを収録。

源氏物語　3

角田光代〔訳〕　42067-7

須磨・明石から京に戻った光源氏は勢力を取り戻し、栄華の頂点へ上ってゆく。藤壺の宮との不義の子が冷泉帝となり、明石の女君が女の子を出産し、上洛。六条院が落成する。「澪標」から「玉鬘」までを収録。

源氏物語　4

角田光代〔訳〕　42082-0

揺るぎない地位を築いた光源氏は、夕顔の忘れ形見である玉鬘を引き取ったものの、美しい玉鬘への恋慕を諦めきれずにいた。しかし思いも寄らない結末を迎えることになる。「初音」から「藤裏葉」までを収録。

源氏物語　5

角田光代〔訳〕　42098-1

栄華を極める光源氏への女三の宮の降嫁から運命が急変する。柏木と女三の宮の密通を知った光源氏は因果応報に慄く。すれ違う男女の思い、苦悩、悲しみ。「若菜（上）」から「鈴虫」までを収録。

平家物語　1

古川日出男〔訳〕　41998-5

混迷を深める政治、相次ぐ災害、そして戦争へ——。栄華を極める平清盛を中心に展開する諸行無常のエンターテインメント巨篇を、圧倒的な語りで完全新訳。文庫オリジナル「後白河抄」収録。

平家物語 2

古川日出男〔訳〕 42018-9

さらなる権勢を誇る平家一門だが、ついに合戦の火蓋が切られる。源平の強者や悪僧たちが入り乱れる橋合戦を皮切りに、福原遷都、富士川の遁走、奈良炎上、清盛入道の死去……。そして、木曾に義仲が立つ。

平家物語 3

古川日出男〔訳〕 42068-4

平家は都を落ち果て西へさすらい、京には源氏の白旗が満ちる。しかし木曾義仲もまた義経に追われ、最期を迎える。宇治川先陣、ひよどり越え……盛者必衰の物語はいよいよ佳境を迎える。

平家物語 4

古川日出男〔訳〕 42074-5

破竹の勢いで平家を追う義経。屋島を落とし、壇の浦の海上を赤く染める。那須与一の扇の的で最後の合戦が始まる。安徳天皇と三種の神器の行方やいかに。屈指の名作の大団円。

伊勢物語

川上弘美〔訳〕 41999-2

和歌の名手として名高い在原業平（と思われる「男」）を主人公に、恋と友情、別離、人生が描かれる名作『伊勢物語』。作家・川上弘美による新訳で、125段の恋物語が現代に蘇る！

現代語訳 竹取物語

川端康成〔訳〕 41261-0

光る竹から生まれた美しきかぐや姫をめぐり、五人のやんごとない貴公子たちが恋の駆け引きを繰り広げる。日本最古の物語をノーベル賞作家による美しい現代語訳で。川端自身による解説も併録。

更級日記

江國香織〔訳〕 42019-6

菅原孝標女の名作「更級日記」が江國香織の軽やかな訳で甦る！東国・上総で源氏物語に憧れて育った少女が上京し、宮仕えと結婚を経て晩年は寂寥感の中、仏教に帰依してゆく。読み継がれる傑作日記文学。

好色一代男

島田雅彦〔訳〕 42014-1

生涯で戯れた女性は三七四二人、男性は七二五人。伝説の色好み・世之介の一生を描いた、井原西鶴「好色一代男」。破天荒な男たちの物語が、島田雅彦の現代語訳によってよみがえる！

百人一首

小池昌代〔訳〕 42023-3

恋に歓び、別れを嘆き、花鳥風月を愛で、人生の無常を憂う……歌人百人の秀歌を一首ずつ選び編まれた「百人一首」。小池昌代による現代詩訳と鑑賞で、今、新たに、百人の「言葉」と「心」を味わう。

仮名手本忠臣蔵

松井今朝子〔訳〕 42069-1

赤穂浪士ドラマの原点であり、大星由良之助（＝大石内蔵助）の忠義やお軽勘平の悲恋などでおなじみの浄瑠璃、忠臣蔵。文楽や歌舞伎で上演され続けている名作を松井今朝子の全訳で贈る、決定版現代語訳。

古事記

池澤夏樹〔訳〕 41996-1

世界の創成と、神々の誕生から国の形ができるまでを描いた最初の日本文学、古事記。神話、歌謡と系譜からなるこの作品を、斬新な訳と画期的な註釈で読ませる工夫をし、大好評の池澤古事記、ついに文庫化。

現代語訳 古事記

福永武彦〔訳〕 40699-2

日本人なら誰もが知っている古典中の古典「古事記」を、実際に読んだ読者は少ない。名訳としても名高く、もっとも分かりやすい現代語訳として親しまれてきた名著をさらに読みやすい形で文庫化した決定版。

現代語訳 日本書紀

福永武彦〔訳〕 40764-7

日本人なら誰もが知っている「古事記」と「日本書紀」。好評の『古事記』に続いて待望の文庫化。最も分かりやすい現代語訳として親しまれてきた福永武彦訳の名著。『古事記』と比較しながら読む楽しみ。

現代語訳 歎異抄

親鸞　野間宏〔訳〕　40808-8

悩める者や罪深き者を救う念仏とは何か、他力本願の根本思想とは何か。浄土真宗の開祖である親鸞の著名な法話「歎異抄」と、手紙をまとめた「末燈鈔」を併録。野間宏の名訳で読む分かりやすい現代語の名著。

現代語訳 義経記

高木卓〔訳〕　40727-2

源義経の生涯を描いた室町時代の軍記物語を、独文学者にして芥川賞を辞退した作家・高木卓の名訳で読む。武人の義経ではなく、落武者として平泉で落命する判官説話が軸になった特異な作品。

現代語訳 徒然草

吉田兼好　佐藤春夫〔訳〕　40712-8

世間や日常生活を鮮やかに、明快に解く感覚を、名訳で読む文庫。合理的・論理的でありながら皮肉やユーモアに満ちあふれていて、極めて現代的な生活感覚と美的感覚を持つ精神的な糧となる代表的な名随筆。

桃尻語訳 枕草子 上

橋本治　40531-5

むずかしいといわれている古典を、古くさい衣を脱がせて、現代の若者言葉で表現した驚異の名訳ベストセラー。全部わかるこの感動！　詳細目次と全巻の用語索引をつけて、学校のサブテキストにも最適。

桃尻語訳 枕草子 中

橋本治　40532-2

驚異の名訳ベストセラー、その中巻は――第八十三段「カッコいいもの。本場の錦。飾り太刀。」から第百八十六段「宮仕え女（キャリアウーマン）のとこに来たりなんかする男が、そこでさ……」まで。

桃尻語訳 枕草子 下

橋本治　40533-9

驚異の名訳ベストセラー、その下巻は――第百八十七段「風は――」から第二九八段「『本当なの？　もうすぐ都から下るの？』って言った男に対して」まで。「本編あとがき」「別ヴァージョン」併録。

著訳者名の後の数字はISBNコードです。頭に「978-4-309」を付け、お近くの書店にてご注文下さい。